中共苏州市吴江区委宣传部
苏州市吴江区文学艺术界联合会 编

垂虹诗韵

历代名人咏垂虹桥诗词选读

文物出版社

编委会

主　任
汤　浩

副主任
孙俊良　费　飞

委　员
（以姓氏笔画为序）
朱永兴　孙俊良　汤　浩　汝悦来
俞　前　费　飞　徐　行　凌　芬

主　编
汤　浩

副主编
孙俊良　费　飞　凌　芬

执行主编
孙俊良

执行副主编
俞　前　朱永兴　汝悦来

校　审
吴企明

编　辑
（以姓氏笔画为序）
朱永兴　孙惠芳　汝悦来　张秋红　陈志强
俞　前　姚建忠　倪　平　倪　明　倪惠芳

图书在版编目（CIP）数据

垂虹诗韵：历代名人咏垂虹桥诗词选读 / 中共苏州市吴江区委宣传部，苏州市吴江区文学艺术界联合会编. — 北京：文物出版社，2021.5
 ISBN 978-7-5010-6585-1

Ⅰ.①垂… Ⅱ.①中… ②苏… Ⅲ.①诗词—作品集—中国 Ⅳ.① I22

中国版本图书馆 CIP 数据核字（2021）第 073785 号

垂虹诗韵　历代名人咏垂虹桥诗词选读

编　　者：中共苏州市吴江区委宣传部　苏州市吴江区文学艺术界联合会　编

装帧设计：长　岛
责任编辑：李缙云　刘永海
责任印制：苏　林

出版发行：文物出版社
社　　址：北京市东城区东直门内北小街 2 号楼
邮　　编：100007
网　　址：http://www.wenwu.com
经　　销：新华书店
印　　刷：苏州市越洋印刷有限公司
开　　本：787×1092mm　1/16
印　　张：16.25
版　　次：2021 年 5 月第 1 版
印　　次：2021 年 5 月第 1 次印刷
书　　号：ISBN 978-7-5010-6585-1
定　　价：98.00 元

本书版权独家所有，非经授权，不得复制翻印

序 一

李铭

吴江，别称鲈乡，位于长江三角洲腹地，北接苏州主城区，东邻上海，南近杭州，西濒太湖，全区总面积一千一百七十六平方千米，户籍人口八十三万，流动人口九十八万，素来享有"鱼米之乡""丝绸之府"的雅誉。

吴江文化源远流长，其文化遗产极为丰厚，物质文化遗产方面拥有松陵、同里、黎里、盛泽、震泽、平望、芦墟原"七大镇"和铜罗、八坼、横扇原"三小镇"等众多古镇，其中同里、震泽、黎里（包括芦墟历史文化街区）为中国历史文化名镇，平望、桃源（由原铜罗、桃源、青云三镇合并而成）为江苏省历史文化名镇，拥有南厍、溪港、龙泉嘴等苏州历史文化名村及其它古村落。在这些古镇古村上，展现着一幅幅浓淡相宜、栩栩如生的水乡风景画，有以同里退思园为代表的小巧玲珑的古典园林，有以黎里柳亚子旧居、震泽师俭堂为代表的精雕细刻的豪门大宅，有以盛泽先蚕祠、吴江文庙为代表的庄严凝重的古祠名庙。全区各级文物保护单位达一百三十七处，其中世界文化遗产两处，全国重点文物保护单位十处，江苏省文物保护单位十九处。另有苏州市控制保护建筑一百三十八处和第三次全国文物普查点两百余处。

举目吴江古镇古村，真可谓是家家临河，户户通舟，处处有桥。桥以武康石、青石、花岗石錾筑而成，大多建于宋、元、明、清时期，桥栏镂花，桥楼叠砌，或飞越于河港，横跨于街面，或盘旋于要津，点缀于园林。吴江现存各类古石桥尚有两百余座，这一数字在桥梁遍布城乡的江南各市（县、区）中名列前茅。其中有一座桥梁特别引人注目，已有近千年历史，现存的遗存也已有近七百年历史。这座桥，便是名闻遐迩的垂虹桥。

垂虹桥，位于吴江城区东门外，旧名利往桥，俗称长桥，始建于宋庆历八年（1048），其时为木结构，有一座名曰"垂虹"的亭子翼然立于桥心，桥孔最多时为九十九孔。元泰定二年（1325）易石重建，为六十二孔（也有六十四孔、七十二孔的记述），桥中间有三大孔凸起以通舟，两堍立"汇泽""底定"两亭，并各立一对石狮。易石重建后，元、明、清三代期间多次进行修缮。民国四年（1915）重修时，仅见四十四孔，其余埋在地下。1957年8月被列为江苏省文物保护单位时，见有四十七孔。

岁月流逝，垂虹桥历经沧桑。由于年久失修，于"文革"期间的1967年5月2日晚大部分塌毁，所幸东西两端存有桥孔，东端为十孔，西端显露七孔，尚有约四孔埋在地下。垂虹桥所遗桥孔由吴江县人民政府于1986年7月以"垂虹桥遗迹"之名公布为吴江县文物保护单位。2005年，吴江市委、市政府在垂虹桥遗迹周围建造垂虹景区，重现了东端的十孔桥洞及桥堍等，并予以修缮。2006年，垂虹桥东西两端桥孔由江苏省人民政府仍以"垂虹桥遗迹"之名公布为江苏省文物保护单位。2019年10月，国务院以"垂虹断桥"之名公布为全国重点文物保护单位。

垂虹桥坐落在江河交汇处的宽阔水面上，远远望去，"环如半月，长若垂虹"，其壮丽秀美，独步江南。桥东南堍还耸立着一座华严宝塔，构成了"长桥塔影"这一水乡特有的景观。从北宋初中期以来，垂虹桥就有"江南第一长桥"之称,"东吴名胜""三吴绝景"之誉接踵而来。自北宋至近现代,许许多多的诗人、词家和书画家为垂虹桥吟诗诵词,泼墨作画,留下了璀璨的篇章。在诗词上,北宋的张先、梅尧臣、欧阳修、王安石、苏舜卿、裴煜、苏轼、苏辙、秦观、道潜、米芾等;南宋的张元干、黄中辅、林外、陆游、张孝祥、范成大、杨万里、辛弃疾、姜夔、戴复古、葛长庚、吴文英、叶茵、周密、郑思肖、蒋捷、张炎等;元代的萨都剌、倪瓒等;明代的建文帝、高启、沈周、唐寅、祝允明、文徵明、王士贞等;清代的朱鹤龄、吴伟业、徐崧、陈维崧、朱彝尊、王士禛、吴兆骞、康熙帝、乾隆帝、殷兆镛等;近现代的陈去病、金松岑、苏曼殊、柳亚子、费孝通等,数百位诗人、词家为垂虹桥吟诗诵词,这在中国桥梁文学史上是绝无仅有的。

为使垂虹文化特别是垂虹诗词文化发扬光大,将垂虹桥这张吴江的名片更加亮丽,深入人心,中共吴江区委宣传部和吴江区文联暨吴江区诗词协会经过前后两年多时间的努力,遴选了从北宋至近代历代名人吟咏垂虹桥的百余首诗词,每首诗词后面通过"作品出处""作者简介""词语解释""写作背景""阅读链接"等五个章节予以详细介绍和解读,特别是通过阅读"写作背景",可知历代名人在垂虹桥进行活动的许多史实,因此,从一定角度讲,垂虹桥的历史就是一部历代名人在垂虹桥的活动史。通过阅读"阅读延伸",可知晓与垂虹桥、与诗词有关的不少知识和故事,从而产生更大的阅读兴趣。

深信,大家读了这本《垂虹诗韵》后,定会对垂虹桥丰厚的诗词文化有一定的了解,并产生些许钟爱之情。

是为序。

2020年10月

(作者系中共苏州市吴江区委书记)

序 二

吴企明

苏州是泽国水乡，过河渡水靠桥梁。所以，苏州的桥特别多。唐代白居易描写苏州的桥，说："红栏三百九十桥"（《三月三日闲行》），甪直古镇有七十二座桥。千百年来，劳动人民发挥自己的智慧和才能，建造出各式各样的桥梁，因地制宜，长短不一，大小各异，造型精巧，与当地的自然景观融合成一道道亮丽的风景线。

桥多，并不都有名。苏州城内、廓外，无数造福人类的石桥，都默默无闻地屹立在历史长河中。然而，苏州有一些桥，像宝带桥、乐桥、枫桥、皋桥，却遐迩闻名。唐张继《枫桥夜泊》诗，情景交融，意象浑然，成为千古绝唱。枫桥一桥，寒山一寺，藉此诗以名扬海内外。

垂虹桥显然比枫桥更有名声，因为它曾被无数诗人咏唱过，蕴含着丰富的人文内涵，渗透着精深的审美情趣，承载着厚重的历史积淀。垂虹诗韵，值得我们每一个热爱祖国河山的同胞珍惜、传诵，我们苏州人、吴江人，更应为之自豪。

垂虹桥坐落在吴江城东宽阔的吴淞江上，又濒临浩淼的太湖，桥上有亭，可以登临观赏，远山近水，尽收眼底，自然风光绝胜。历代诗人抓住垂虹桥景境的"壮丽美"，写出了许多脍炙人口的诗句。杨杰唱道："八十丈虹晴卧影，一千顷玉碧无瑕。"（《舟泊长桥》）萨都刺唱道："插天蟒蛛势嵯峨，截断吴淞一幅罗。"(《垂虹桥》) 诗人还将月夜清光之美，融入到垂虹桥景观中。苏舜钦唱道："云头滟滟开金饼，水面沉沉卧彩虹。"(《中秋松江新桥对月和柳令之作》) 周密唱道："不如一片垂虹月，却照凭栏几许人。"(《登垂虹亭》) 诗人们将垂虹桥和太湖水、吴淞江、远处青山、夜晚月影，结合起来进行艺术构思，构成一个完美的景境，捕捉、再现它们的美，创造出"诗家神境"，使那些咏唱垂虹桥的篇章，具有极高的审美价值，令人咏味无穷，叹为观止。

垂虹桥是苏州人送客南行最佳的分袂地点。刘过与辛弃疾分别，写出《念奴娇·留别辛稼轩》，词云："多景楼前，垂虹亭上，一枕眠秋雨。"想象自己在垂虹亭下秋雨中醉眠的乐趣。又云："莼鲈江上，浩然明日归去。"表达词人归隐莼鲈江上的愿望。唐寅还将送别弟子戴昭的风雅意趣，画成一幅《垂虹别意图轴》，许多名流如沈周、祝允明、文徵明等三十余人为之题诗。文徵明将离情别意和垂虹景色联系起来，写出了"多情最是垂虹月，千里悠悠照别离"(《垂虹别意》)这样富有诗韵的佳句。诗人德璇也作有"送别江枫日已斜，倚栏把酒思无涯"(《垂虹别意》)之句。近代诗人沈尹默写过一首《清平乐》词，下阕云："门前一带长桥。隔花何处吹箫？尽有送人双泪，廿年流尽江潮。"他由眼前的长桥联想到灞陵柳色，抒发了离别的情愫。

垂虹桥又是骚人墨客喜爱登临赏景、聚友宴饮的处所。诗人们面对烟水浩渺、桥身蜿蜒的美景，思接千载，怀古感旧，缅怀忠臣高士，抒写深沉的历史感叹。叶梦得《念奴娇·中秋宴客有怀壬午岁吴江长桥》云："醉倒金樽，嫦娥应笑，犹有向来心。""向来心"，即指自己的家国之痛和抗敌之志。凌云翰《无题》："安得鲈鱼共尊酒，秋风亭上酹三高。"三高，指三高祠，诗人洒酒于亭上，祭奠范蠡、张翰、陆龟蒙三位隐士高人。徐源《题垂虹亭三忠祠》："长桥东下狂澜急，信是中流砥柱存。"意象鲜明，缅怀伍子胥、张巡、岳飞三位忠臣。钱大昕《吴江夜泊》："岁月惊虚掷，湖山忆旧游。"诗人泊舟垂虹亭外，怀念起昔日吴江之游以及吴江友人沈彤。

垂虹桥遗迹尚存,长桥诗词,雅韵长流,这真是"胜迹东南名尚在,咏题世上字难消"(柳义南《咏吴江垂虹桥》)。推介垂虹诗词,也就成为吴江人的历史任务。

苏州吴江区十位文人雅士,在区委宣传部和区文联的组织、支持下,抱着了解垂虹桥的历史风貌,弘扬优秀文化传统的宗旨,花费近三年时间,编辑、出版《垂虹诗韵——历代名人咏垂虹桥诗词选读》,邀我作序。我与吴江的同志素有诗缘,为《垂虹诗韵》作序,义不容辞,满怀激情写成这篇序言,以飨同好。

我是《垂虹诗韵》的第一位读者,读完全部书稿后,我神游于古往今来的垂虹桥上,聆听历代著名诗人吟唱着垂虹桥诗词,沉浸在垂虹桥及周边景观壮丽恢宏的审美享受中。我觉得全书有以下三个特征:其一,本书的选录标准、品位极高,所选诗人都是名家,如宋代的苏轼、秦观,元代的萨都剌、倪瓒,明代的高启、唐寅,清代的陈维崧、王士禛,近代的金松岑、吴昌硕等人。名家名作,传诵人口,具有巨大的艺术感染力和影响力。其二,编者将与垂虹桥有密切关系的诗、词、曲等文学作品与绘画艺术相组合在一起,通过"作者介绍""词语解释""写作背景""阅读连接"等方式,向读者朋友介绍与垂虹桥有关连的名胜古迹、典故名物、诗人生平、作诗本事等各方面的知识,帮助大家全面周详地解读所选作品。其三,本书编者本身都是诗人,他们用诗人的艺术思维、审美视角去体现历代名家咏唱垂虹桥的作品,并将自己的审美情趣打入到解读文章中。他们以"回归文学本位"的观念,强化"解读"的文学性,特别重视诗词创作规律和艺术特征的解析,有效地帮助读者深入理解、领悟所选作品的艺术三昧。总之,全书文笔雅洁、图(含照片)文并茂,诗意悠长,充分体现出思想性、知识性和趣味性的完美统一,读来津津有味,既可接受爱国、爱乡的教育,又能长知识,确是一本难得的好读物。

愿大家喜欢这本书。

时年八十八，识于苏州西塘北巷莲花苑寓所

（作者系苏州大学文学院教授）

目 录
contents

序一 ………………………………………………… 李 铭 001
序二 ………………………………………………… 吴企明 004

宋代篇

松江 ………………………………………………… 张 先 003
送裴如晦宰吴江 …………………………………… 梅尧臣 005
中秋松江新桥对月和柳令之作 …………………… 苏舜钦 009
垂虹亭 ……………………………………………… 王安石 011
新桥 ………………………………………………… 郑 獬 014
与秦太虚、参寥会于松江,而关彦长、徐安中适至,分韵得风字二首
 …………………………………………………… 苏 轼 016
长桥 ………………………………………………… 苏 辙 019
秋月乘兴游松江至垂虹亭,登长桥,夜泊南岸,且游宁境院,因成十绝,
 呈君勉且寄子通(录一) ……………………… 朱长文 021
舟泊长桥 …………………………………………… 杨 杰 023
与子瞻松江得浪字 ………………………………… 秦 观 025
吴江垂虹亭作 ……………………………………… 米 芾 027

念奴娇·中秋宴客，有怀壬午岁吴江长桥	叶梦得	030
登垂虹亭二首	张元干	032
念奴娇·中秋垂虹和韵	赵磻老	034
拟岘台观雪（节录）	陆　游	036
垂虹	范成大	038
垂虹亭观打鱼斫鲙四首	杨万里	040
水调歌头·垂虹亭	张孝祥	042
水调歌头·和王正之右司吴江观雪见寄	辛弃疾	044
念奴娇·留别辛稼轩	刘　过	047
过垂虹	姜　夔	049
松江舟中四首荷叶浦时有不测末句故及之（其一、二）	戴复古	051
过垂虹	何应龙	053
泛舟松江	葛长庚	055
垂虹桥	叶　茵	057
泊船吴江	宋伯仁	059
隔浦莲近·泊长桥过重午	吴文英	061
登垂虹亭二首	周　密	063
吴江垂虹桥雨后观虹	郑思肖	065
贺新郎·吴江	蒋　捷	067
声声慢·重过垂虹	张　炎	069

元代篇

无题	汤仲友	074
过长桥书所见	曹伯启	076
舟次吴江	善　住	078
[中吕·普天乐]松陵八景·垂虹夜月	徐再思	080
垂虹桥	萨都剌	082
[双调·水仙子]吴江垂虹桥	乔　吉	084

过吴江州	张以宁	086
垂虹亭	倪 瓒	088
垂虹桥	陈 基	090
题垂虹桥亭	王 逢	092

明代篇

无题	凌云翰	097
垂虹亭	高 启	099
题吴江垂虹桥	林 鸿	102
松陵八景	陶 振	104
垂虹亭晚眺	吴 复	106
泊吴江口	苏 平	108
垂虹桥	杜 庠	110
过松陵感旧	沈 周	112
吴江夜泊	薛 绩	116
吴江晚眺（录二）	吴 宽	118
题垂虹亭三忠祠	徐 源	120
垂虹别意	朱 㒞	122
垂虹别意	陆 南	126
垂虹别意	德 璇	127
垂虹别意	祝允明	128
垂虹别意	文徵明	129
垂虹别意	吴 龙	131
松陵晚泊	唐 寅	132
长桥	陈凤梧	135
游吴江桥	王世贞	137
泛太湖宿松陵长桥漫兴	王叔承	140
吴江竹枝词	周永年	142

清代篇

中秋龙舟曲三首（其三）	朱鹤龄	147
过吴江有感	吴伟业	149
江上馆斋作	徐崧	151
垂虹亭	汪琬	154
虞美人·泊舟垂虹桥，不及过晤舍妹，同纬云弟怅然赋此	陈维崧	156
吴江竹枝词	潘柽章	158
洞仙歌·吴江晓发	朱彝尊	160
念奴娇·家信至有感	吴兆骞	163
松陵阻雪借宿村舍题壁	彭孙遹	165
题顾茂伦雪滩钓叟图	王士禛	167
松陵道上	彭定求	169
晚过吴江	爱新觉罗·玄烨	171
垂虹亭送别	董闿	174
题计希深驴背琢诗图	胡会恩	176
舟泊垂虹桥重翻吴江闺秀诗有感	徐昭华	178
晚泊垂虹	包士曾	180
夜过吴江	蒋士铨	182
吴江夜泊	钱大昕	184
吴江	翟灏	186
台城路·大雪过太湖	项鸿祚	188
长桥晚眺	柳树芳	190
垂虹亭	殷兆镛	192
虹桥茶舍	赵彦修	194
邑宰沈公锡华重建垂虹亭，喜而成此	黄象曦	198
摸鱼儿·自题鲈乡秋色图	郑璜	200

近代篇

忆旧游	樊增祥	205
点绛唇·题缪筱珊垂虹感旧图，盖为蒋鹿潭作也	吴昌绶	207
百字令·松陵道中次韵勖迟儿	沈昌眉	209
题巢南拜汲楼诗集	朱锡梁	211
悯农	金松岑	213
独步垂虹亭望积雪并追怀顾雪滩诸先哲	陈去病	216
鹧鸪天	陈曾寿	219
清平乐	沈尹默	221
吴门	苏曼殊	223
次巢南吴门阻雪韵	柳亚子	225
东郊偶成	周麟书	227
车过苏州作	姚鵷雏	228
清平乐·长桥玩月图	吴湖帆	230
杂咏	费孝通	233
咏吴江垂虹桥	柳义南	235

后记 ………………………………………… 238

宋代篇

松 江[①]

[北宋] 张 先

春后银鱼霜下鲈,远人曾到合思吴。
欲图江色不上笔,静觅鸟声深在芦。
落日未昏闻市散,青天都净见山孤。
桥南水涨虹垂影[②],清夜澄光合太湖。

【作品出处】

录自清乾隆《吴江县志》。

【作者简介】

张先(990—1078),北宋词人,字子野,乌程(今浙江湖州)人,天圣进士,历官吴江知县、都官郎中等。晚年退居乡间。其词大多描写诗酒生活和男女之情,对都会生活也有所反映。词风清婉,语言工巧。《后山诗话》:"张先善著词,有云:'云破月来花弄影','帘压卷花影','堕风絮无影',世称诵之。号张三影。"也能诗。原有集,已散佚。今存《张子野词》。

【词语解释】

①松江:即吴淞江,古称淞江或吴江,亦名松陵江、笠泽江,发源于江苏省苏州市吴江区松陵西侧东太湖,现在瓜泾口由西向东,穿过江南运河,在今上海市外白渡桥以东汇入黄浦江。与东江、娄江合称"太湖三江"。

②桥南水涨虹垂影:相传吴江长桥取名"垂虹"即是从此句诗而来。

【写作背景】

据清乾隆《吴江县志》卷之十九"职官二"记载,宋仁宗赵祯康定元年(1040),张先来吴江任知县。宋代熙宁年间,大文豪苏东坡从杭州去山东高密。他特意乘船到浙江湖州,去向已经告老回乡的老友张先辞别。张先因当过吴江知县,对吴江非常熟悉,见到苏轼极为高兴,立邀湖州几位老朋友,陪同苏轼一起坐船到吴江垂虹桥游览。张先、苏东坡、杨元素、陈令举、刘孝叔、李公择等一行六人至吴江,先一起舟游松江,夜半月出之时,置酒垂虹桥的垂虹亭上。皎洁的月色之下,诗人们对酒当歌,沉醉欲眠,朦胧恍惚之中,诗兴才情大发。当时,以填词闻名的张先已八十五高龄,但兴致不输少年,当场作了一首《定风波令》,获得一片喝彩之声。张先上面这首《松江》诗也写得很是精彩,尤其是第七句"桥南水涨虹垂影"相传成为了垂虹桥桥名的由来。

【阅读链接】

吴淞江

吴淞江是现今上海的一条母亲河,亦名苏州河,古称松江或吴江,亦名松陵江、笠泽江,是太湖流域通向上海市的重要航道。它的起始点现在吴江城区北侧的瓜泾口。不少年来,这里一直作为测量太湖、吴淞江水位的一个基准点。而在唐代以前,南起浪打穿(今吴江区菀坪社区),北至瓜泾口,都是吴淞江的上源。唐宋以后,进水口逐渐北移,便以垂虹桥所在的长桥河为要口。明清以后,进水口继续北移,移至现瓜泾口。

吴淞江原为长江入海前最后一条支流,长江入海口也被称作"吴淞口"。明代"黄浦夺淞"以后,吴淞江成为黄浦江的支流,但长江入海口仍被叫作吴淞口。吴淞江流经吴江、吴中区、昆山、嘉定、青浦以及上海市区。以北新泾为界,吴淞江上游被民间称为吴淞江,而北新泾以东为吴淞江下游,进入上海市区后上海人称之为苏州河。吴淞江的古称"吴江"和"松江",分别是今苏州市吴江区古代行政建置"吴江县"和今上海地区古代行政建置"松江府"的命名来源。苏州河催生了几乎大半个古代上海,后又用100多年时间成为搭建国际大都市上海的水域框架。吴淞江下游近海处被称为"沪渎",是上海市简称的命名来源。

吴淞江是吴地重要的航运枢纽,全长一百二十五千米,平均河宽约四十至五十米,总流域面积为八百五十五平方公里,沿岸是一道优美的风景线。

送裴如晦宰①吴江

［北宋］梅尧臣

吴江田有粳，粳香舂②作雪。
吴江下有鲈，鲈肥脍堪切。
炊粳调橙齑③，饱食不为饕④。
月从洞庭⑤来，光映寒湖凸。
长桥⑥坐虹背，衣湿霜未结。
四顾无纤云，鱼跃明镜裂。
谁能与子同，去若秋鹰挈。

【作品出处】

录自清乾隆《吴江县志》。

【作者简介】

梅尧臣（1002—1060），北宋诗人，字圣俞，宣州宣城（今安徽宣州）人，宣州古名宛陵，故世称梅宛陵。少时应进士不第。历任州县官属。中年后赐进士出身，授国子监直讲，官至都官员外郎。论诗注重政治内容，对宋初以来的靡丽文风表示不满。在写作技巧上重视细致深入，认为："必能状难写之景，如在目前；含不尽之意，见于言外，然后为至也。"（见《六一诗话》）所作颇致力于反映社会矛盾和民生疾苦，风格力求平淡，盖欲以矫靡丽之习，但有时不免流于板滞。对宋代诗风的转变影响很大，甚受陆游、刘克庄等人的推崇。有《宛陵先生文集》。

【词语解释】

①宰：主管、主持，也指古代官名，如县宰、邑宰。
②舂（chōng）：把东西放在石臼或乳钵里捣去皮壳或捣碎。
③齑（jī）：本意是指捣碎的姜、蒜、韭菜等，也指混杂，调和。
④饕（tiè）：贪、贪食的意思。《左传》注：贪财为饕，贪食为餮。
⑤洞庭：太湖的别名。又，太湖中的莫釐山、包山又名洞庭东山、洞庭西山。
⑥长桥：指垂虹桥。

【写作背景】

诗题《送裴如晦宰吴江》中的裴如晦,即裴煜(yù),字如晦,临川(今属江西)人。宋仁宗庆历六年(1046)进士。据清乾隆《吴江县志》卷之十九"职官二"记载,嘉祐六年(1061),裴如晦知吴江。嘉祐七年(1062),为太常博士、秘阁校理。治平元年(1064)知扬州,治平二年知苏州,官至翰林学士。裴如晦来知吴江时,欧阳修、苏洵(xún)、王安石、梅尧臣等酒宴相送,席间多人咏诗送裴如晦宰吴江。明弘治《吴江志》载苏舜钦的《送裴如晦宰吴江》,清康熙《吴江县志》载欧阳修的《送裴如晦之吴江》,清乾隆《吴江县志》则录梅尧臣的这首《送裴如晦宰吴江》的同题之诗。

裴如晦本人也为垂虹桥桥心之亭——垂虹亭赋诗一首,明弘治《吴江志》和清康熙《吴江县志续编》均录此诗:"百尺桥心一解颜,尘埃无迹鉴回环。青天半落西山外,白水前铺远树间。帘卷夕阳鸦阵乱,槛凭秋色棹歌还。衰迟病尹偏惆怅,不得三年向此闲。"

【阅读链接】

吴江鲈鱼

鲈鱼,又名鲈鳜、大鲈,其体侧扁,长可盈尺,重三至七市斤,巨口细鳞,下颌突出,呈银白色,背部和脊部及背鳍上有小黑斑,四腮,性凶猛,以鱼、虾等为食。每年初春,从近海的江河湖泊里入海产卵,翌年中秋前后回游。生长在吴淞江一带水域里的鲈鱼,可沿江直溯至太湖。

吴江北濒吴淞江,西临太湖,以前在松陵镇垂虹桥畔捕得的鲈鱼最为鲜美。其色洁白,肥美鲜嫩,风味独特,为历代名人所称道。出生在吴地(具体位置在吴江二十九都南役圩,即今黎里镇莘塔)的西晋文学家张翰,在齐王司马囧执政时,任大司马东曹掾,知囧将败,又因秋风起,思念故乡的菰菜、莼羹、鲈鱼脍,遂弃官归乡。因此,张翰写下了流传千古的《思吴江歌》:"秋风起兮木叶飞,吴江水兮鲈正肥。三千里兮家未归,恨难禁兮仰天悲。"由此而出"莼鲈之思"之典故(如今在吴江城区中山北路街心公园的巨石尚刻着"思鲈"二字)。北宋大文豪苏东坡诗云:"浮世功名食与眠,季鹰(张翰之字)真得水中仙。不须更说知几早,直为鲈鱼也自贤。"认为即使张翰不早知祸机(张翰归乡后不久,司马囧果然遭败),光是爱食鲈鱼也是一件美事。南宋大诗人陆游路过吴江时,也留留下了"胜地营居触事奇,酒甘泉滑鲈鱼肥"的诗句。值得一提的是,宋龙图阁直学士陈尧佐在题为《吴江》的诗中吟咏了"扁舟系岸不忍去,秋风斜日鲈鱼乡"的佳句后,吴江遂美称"鲈乡"而名闻天下。如今,在松陵镇南的京杭大运河西岸古纤道上,有一座纤桥名曰"北七星桥",桥上刻着四副对联,其中一副即与张翰、陈尧佐和鲈鱼有关,是为:"碧浪跃白鲈,直令季鹰辞主返;金风送斜日,但教尧佐系舟留。"

在吴淞江下游一带,随着地形的变迁,鲈鱼由海溯江日渐减少。宋代时,鲈鱼已无常价,杨万里称"鲈鱼鲈乡芦叶前,垂虹亭下不论钱"。至清代,鲈鱼已很少见,而被外观有四个腮的鲈鳢鱼(也称塘鳢鱼)和鳜鱼(也称桂鱼)所代替。现今,鲈鱼更是稀少,市场上见到的则是舶来品,从美国加州引进,听说,上海松江近年来在人工养殖鲈鱼。至于真正的鲈鱼,据渔民们说,每年初秋时节在松陵一带还偶可捕到,如遇到这样的巧事,用心烹制成鲈鱼脍,那真是口福不浅!

长桥卧波图　宋·佚名绘

中秋松江新桥①对月和柳令之作

[北宋] 苏舜钦

月晃长江②上下同,画桥横截冷光中。
云头艳艳开金饼,水面沉沉卧彩虹③。
佛氏④解为银色界,仙家多住玉华宫⑤。
地雄景胜言不尽,但欲追随乘晓风。

【作品出处】

录自清乾隆《吴江县志》。

【作者简介】

苏舜钦(1008—1049),北宋诗人。字子美,绵州盐泉(今四川绵阳东)人,迁居开封。景祐进士。曾任大理评事。庆历中,范仲淹荐为信贤校理、监进奏院。时其岳父同平章事、兼枢密使杜衍,对政事有所整饬,忌者欲通过倾陷舜钦而打击衍等,因以细故被除名,退居苏州沧浪亭。工散文,其论政之作,曾谓范仲淹的政治措施"皆非当今至切之务",批评其"因循姑息",要求作进一步改良。诗与梅尧臣齐名,风格豪健,甚为欧阳修所重。又工书法。有《苏学士文集》。

【词语解释】

①新桥:指垂虹桥。
②长江:指松江,即吴淞江。
③颔(hàn)联:《诗话类编》云,吴江长桥诗,世称三联,苏舜钦"云头艳艳开金饼,水面沉沉卧彩虹",杨杰"八十丈虹晴卧影,一千顷玉碧无瑕",郑獬"插天螮蝀玉腰阔,跨海鲸鲵金背高"。
④佛氏:佛家,佛门。
⑤玉华宫:指仙境。

【写作背景】

庆历四年(1044),苏舜钦被削籍为民,第二年流寓苏州,见孙氏弃地约六十寻,以四万钱买入。他在北碕筑亭,命名"沧浪亭"。隐居不仕。在苏州期间,苏舜钦常驾舟游玩,也经常到吴江,写了不少与吴江有关的诗篇,如《吴江》《中秋夜吴江亭上对月怀前宰张子野及寄君谟蔡大》等。"垂虹秋月"是松陵八景之一。中秋之夜,苏舜钦与吴江姓柳的县令在新建的长桥上赏月,有《中秋松江新桥对月和柳令之作》记述,对垂虹胜景作了赞美。"云头艳艳开金饼,水面沉沉卧彩虹。"与郑獬(xiè)"插天蠕蝀(dìdōng)玉腰阔,跨海鲸鲵(ní)金背高。"、杨杰"八十丈虹晴卧影,一千顷玉碧无瑕。"被誉为吴江长桥三大名联。他另还写过一首《松江长桥未明观渔》:"曙光东向欲胧明,渔艇纵横映远汀。涛面白烟昏落月,岭头残烧混疏星。鸣根莫触蛟龙睡,举网时闻鱼鳖腥。我实宦游无况者,拟来随尔带笭箵(língxīng)。"

【阅读链接】

垂虹桥对联

关于垂虹桥的对联,除了《诗话类编》所云苏舜钦、杨杰和郑獬的三名联外,民国四年(1915)垂虹桥重修时,镌刻了一副对联在桥身上的,其内容为:

八十丈虹晴卧影;

万千年浪直冲湖。

此联采用集句法,所谓集句法,即集句成联,是一种特殊的创作手法,也就是从古今文人的诗词歌赋中分别选取几个有关联的句子,按照对联中对仗、平仄等要求组成联句。上联取自宋代杨杰《舟泊长桥》诗,下联取自明代杜庠《垂虹桥》诗。此两位诗人虽相隔数百年,但他们的诗句经后人"匹配",倒也浑然一体。对仗上,数量词对数量词,名词对名词,形容词对形容词,动词对动词,甚为工整;平仄上,不仅第二、四、六、七字相协,而且不作要求的第三、五字也相谐。视之,真无集配之感。联中的"虹"指垂虹桥;"八十丈"为桥的长度,但非确数,据《吴江县志》载,垂虹桥的长度要超过这个数字许多,为四百余米。此联的意境似为:晴日风徐,艳阳灿金,垂虹桥象长长的彩虹一样静静地浮卧着,将倒影落在似碧玉一般的水面上;忽而风起,水面上卷起朵朵雪花似的白浪,挟着千百年的沧桑穿过桥洞,向前涌去……

垂虹亭

[北宋] 王安石

三江五湖①口，地与天不隔。
日月所蔽亏，东西渺然白。
漫漫浸北斗，浩浩浮南极。
谁投此虹霓？欲济两间阨②。
中流杂蜃气③，阑楯④相承翼⑤。
初疑神所为，灭没在顷刻。
晨兴坐其上，傲兀⑥至中昃⑦。
犹怜造化功，不谓因人役。
今君持酒浆，谈笑顾宾客。
颇夸九州物，壮丽此无敌。
荧煌丹砂柱，璀璨黄金壁。
中家不虑始，助我皆豪殖⑧。
喟余独不可，还当采民力。

【作品出处】

录自清乾隆《吴江县志》。

【作者简介】

王安石（1021—1086），北宋政治家、文学家、思想家，字介甫，号半山，抚州临川（今属江西）人，庆历进士，初知鄞县，修堤筑堰，兴修水利，贷谷与民，出息还官，有治绩。仁宗嘉佑三年（1058）上万言书，主张变法，未被采纳。神宗即位，召为翰林学士兼侍讲，上《本朝百年无事劄子》，陈述北宋开国至今各项制度弊端，阐明必须改革，与神宗意合。熙宁二年（1069）为参知政事，次年拜相，推行新法。由于保守派强烈反对，新政推行迭遭阻碍。熙宁七年罢相，次年再相，九年再罢，退居江宁（今江苏南京），封荆国公，世称荆公。卒谥文。散文雄健峭拔，为"唐宋八大家"之一。诗歌遒劲清新。词虽不多而风格高峻。所著《字说》《钟山日录》等，多已散失，文集今有《王文公集》《临川先生集》两种，后人辑有《周官新义》《诗义钩沉》等。

【词语解释】

①三江五湖：三江指吴淞江和附近的东江、娄江；五湖：太湖的古称之一。
②阨（è）：同厄，险要的地方。
③蜃（shèn）气：亦作"蜄气"。一种大气光学现象。光线经过不同密度的空气层后发生显著折射，使远处景物显现在半空中或地面上的奇异幻象，通称"海市蜃楼"，常发生在海上或沙漠地区。古人误以为蜃吐气而成，故称。蜃：神话传说中的一种动物。
④阑楯（shǔn）：栏杆。
⑤承翼：左右护卫。
⑥傲兀（wù）：犹傲岸；
⑦中昃（zè）：日中及日偏斜。
⑧豪殖：豪爽而善生财；指富豪人家。

【写作背景】

王安石数次到过苏州，如庆历八年（1048）十一月到苏州，有启上知州梅挚。皇祐二年（1050）离杭东归，抵苏州。皇祐五年（1053）六月，应许元之荐，至苏州相视水利，曾游过吴江垂虹桥。他留下了多首写吴江的诗，如《过吴江》《如归亭顺风》《松江亭次韵》《即席分题三首》。《王安石年谱长编》中只记载了一次他到吴江的情景：庆历七年（1047）上半年，王安石过苏州到吴江，游吴江如归亭留诗。如归亭即松江亭，就在垂虹桥畔。至和三年，也就是嘉祐元年（1056），裴煜到吴江任县令，王安石与欧阳修等人送他，在席上以"黯然销魂惟别而已"为韵分别作诗。王安石得"然"字，又拟"而惟"字韵作。其中也有描写垂虹桥的诗句："牵手推河水，去兴山水期。春风垂虹亭，一杯湖上持。"

【阅读链接】

王安石诗赞垂虹桥

北宋政治家、文学家、思想家王安石对吴江的地理环境、物产和风俗很是熟悉。他在《过吴江》诗中说："莽莽昔登临，秋风一散襟。地留孤屿小，天入五湖深。柑橘无千里，鱼虾有万金。吾虽轻范蠡，终欲此幽寻。"他还专门为垂虹桥写过几首诗，对垂虹桥有极高的评价。

在上面这首《垂虹亭》中,他把垂虹桥的位置、建筑特色和南北交通的重要作用写得清清楚楚。诗中说他自己"晨兴坐其上,傲兀至中昃""今君持酒浆,谈笑顾宾客",在垂虹桥上从早晨坐到中午,并与宾客聚饮。他用"颇夸九州物,壮丽此无敌",来说垂虹桥的壮丽天下无敌。

宋仁宗庆历六年(1046)进士裴如晦来知吴江时,欧阳修、苏洵、王安石、梅尧臣等酒宴相送,席间多人咏诗送裴如晦宰吴江,王安石写下了《送裴如晦宰吴江》一诗:"霜(一作"震")泽与天杳,旁临无限情。他时散发处,最爱垂虹亭。飘然平生游,舍我戴吴星。欲往独不得,都门看扬舲。到县问疾苦,为子求所经。当知耕牧地,往往菱蒲青。三江断其二,溙水何由宁。微子好古者,此歌尚谁听。"王安石在诗中对友朋说,吴江这个地方"三江断其二,溙水何由宁"。太湖泄水的三条江已有两条被堵塞,经常会发生水患,希望裴如晦到吴江后要"到县问疾苦,为子求所经。"王安石对吴江垂虹桥的美景十分向往,但"欲往独不得",一时间不能陪裴如晦前去,只能目送他乘船离京"都门看扬舲",王安石酒后吐言:"他时散发处,最爱垂虹亭。"说当他退居养老之时,想着倾慕已久的垂虹亭,作退居养老之所。

王安石在宋神宗熙宁二年(1069)为参知政事,次年拜相。当时的龙图阁直学士王益柔有《松江亭》诗二首,王安石和之,作《松江亭次益柔韵》诗二首,其一为:"宛宛虹霓垂半空,银河直与此相通。五更缥缈千山月,万里凄凉一笛风。鸥鹭稍回青霭外,汀洲时起绿芜中。骚人自欲留佳句,忽忆君诗思已穷。"把垂虹桥的壮美景色比作"宛宛虹霓垂半空,银河直与此相通"的人间仙境。

新　桥①

［北宋］郑　獬

三百阑干锁画桥，行人波上踏灵鳌②。
插天蝃蝀③玉腰阔，跨海鲸鲵④金背高。
路直凿开元气白，影寒压破大江豪。
此中自与银河接，不必仙槎⑤八月涛。

【作品出处】

录自清乾隆《吴江县志》。

【作者简介】

郑獬（1022—1072），安州安陆（今属湖北）人，宋仁宗皇祐五年（1053）进士第一名（状元），神宗时为翰林学士。《宋史》称其"词章豪伟峭整，流辈莫敢望"。著有《郧溪集》《宋史·艺文志》。

【词语解释】

①新桥：指垂虹桥。
②灵鳌（áo）：神话传说中的巨龟。
③蝃蝀（dìdōng）：虹的别名，借指桥。
④鲸鲵：即鲸。雄曰鲸，雌曰鲵。比喻桥。
⑤仙槎（chá）：神话中能来往于海上和天河之间的筏子。典出晋·张华《博物志》卷十。"旧说云：天河与海通。近世有人居海渚者，年年八月有浮槎去来，不失期。人有奇志，立飞阁于槎上，多赍粮、乘槎而去。十馀日中犹观星月日辰，自后茫茫忽忽亦不觉尽夜。去十馀月，奄至一处，有城郭状，屋舍甚严。遥望宫中有织妇，见一丈夫牵牛渚次饮之。牵牛人乃惊问曰：'何由至此？'此人为说来意，并问此是何处，答云：'君还至蜀都，访严君平，则知之。'竟不上岸，因还如期。后至蜀，问君平，君平曰：'某年某月，有客星犯牵牛宿。'计年月，正此人到天河时也。"后借喻如期来往的船，或喻为沟通上界与人间的信使。

【写作背景】

郑獬曾在杭州当知府,后来移职青州,他曾到过苏州,写有《吴门蠡口》:"千重越甲夜成围,战罢君王醉不知。若论破吴功第一,黄金只合铸西施。"杭州到苏州经过垂虹桥。他感受到了垂虹桥的气势,情不自禁地写下了这首诗寄给朋友,此诗又名《题垂虹桥寄同年叔楙(máo)秘校》"。"插天蟆蜮玉腰阔,跨海鲸鲵金背高。"与苏舜钦"云头滟滟开金饼,水面沉沉卧彩虹"、杨杰"八十丈虹晴卧影,一千顷玉碧无瑕",被誉为吴江长桥三大名联。

【阅读链接】

李问建利往桥

宋庆历三年(1043),大理寺丞李问到吴江任知县。当时,吴江信佛的人很多,信徒们慷慨出资建造众多庙宇,花费颇多。李问到吴江后了解了这一情况,与县尉王庭坚商议,吴江的庙学(孔庙和县学)既小又破旧,影响年轻人入学成才,应该动员百姓捐资改建庙学。在李问和王庭坚的再三宣传劝说下,百姓慢慢明白道理,纷纷解囊响应。没隔多久,百姓的捐款达到百万缗钱。李问就请人设计修建庙学的方案,准备动工。此时,朝廷下了诏书,郡县不得重新建学。李问和王庭坚俩人无法违抗朝廷的诏书,心急如焚。"民既从,财既输矣,倘不能作一利事以便人,吾何以谢百姓?"俩人商议如何用这笔钱为百姓做件好事。当时,吴江的县城南北两城跨松江源头,西面是浩渺的太湖,百姓往来之间,只能靠渡船,且多风浪之患。李问和王庭坚商议出一个计划,用建庙学筹得的银两在松江上造一座桥,以方便大家往来。

横跨宽阔的松江,又处在太湖出水口上,要建桥决非易事,李问和王庭坚的决定招来不少非议。但李问和王庭坚造桥的决心不动摇,他们请来造桥的工匠,购买木料上万根,精心勘测,认真设计,由王庭坚亲自负责施工。"不两月,功忽大就,即桥之心侈而广之,构宇其上,登以四望,万景在目,曰垂虹亭。并桥之两涯,翼以一亭,而表桥之名于其下,使往而来者可指以称曰,此某桥也。"宋庆历八年(1048)六月,桥建成,桥长千余尺,桥面建有护栏。李问和王庭坚给这桥取名"利往桥",取建桥有利于往来之意,将"利往"桥名表于桥两块的亭上。因为桥长,吴江当地人把它称为"长桥"。桥建成后请吴中名士、武进进士钱公辅写《利往桥记》。

利往桥的建成,消除南北通道上的一个险要渡口,从此士民称便。左江右湖,长桥蜿蜒其间,仿佛长虹卧波,桥心又有垂虹亭可登高远望,成为天下绝胜。

与秦太虚①、参寥②会于松江，而关彦长③、徐安中适至，分韵得风字二首

[北宋] 苏 轼

吴越溪山兴未穷，又扶衰病过垂虹。
浮天自古东南水，送客今朝西北风。
绝境自忘千里远，胜游难复五人同。
舟师不会留连意，拟看斜阳万顷红。

二子缘诗老更穷，人间无处吐长虹。
平生睡足连江雨，尽日舟横擘④岸风。
人笑年来三黜⑤惯，天教我辈一尊⑥同。
知君欲写长相忆，更送银盘尾鬣红⑦。

【作品出处】

录自清乾隆《吴江县志》。

【作者简介】

苏轼（1037—1101）北宋成就最高的文学家之一，擅长诗、词、文等多种文学体裁，同时也是书画家。字子瞻，号东坡居士，眉州眉山（今属四川）人。苏洵子。嘉祐进士。神宗时曾任祠部员外郎，因反对王安石新法而求外职，任杭州通判，知密州、徐州、湖州。后以作诗"谤讪朝廷"罪贬谪黄州。哲宗时任翰林学士，曾出知杭州、颍州等，官至礼部尚书。后又贬谪惠州、儋州。北还后第二年病死常州。南宋时追谥文忠。与父洵弟辙，合称"三苏"。文汪洋恣肆，明白畅达，为"唐宋八大家"之一。诗清新豪健，善用夸张比喻，在艺术表现方面独具风格。词开豪放一派，对后代颇有影响。诗文有《东坡七集》等。词集有《东坡乐府》。

【词语解释】

①秦太虚：指北宋著名文学家秦观，字少游，号太虚。
②参寥（liáo）：指北宋诗僧道潜，本姓何，字参寥。
③关彦长：指关景仁，字彦长，钱塘人，嘉佑四年进士。时任吴江县令。
④擘（bò）：剖裂、掰开。
⑤三黜（chù）：指三次被罢官。
⑥尊：同樽，古代的盛酒器具。
⑦尾鬣（liè）：指鱼的尾和鳍。

【写作背景】

苏轼曾多次与友朋聚会吴江垂虹亭。熙宁七年（1074）五月，他从杭州通判调任高密知州，曾与杨元素、陈令举、张先等人相约到吴江，置酒垂虹亭吟诗助兴，七年后，苏东坡在《记游松江》一文中有如下记载："昔自杭移高密，与杨元素同舟，而陈令举、张子野皆从余过李公择于湖，遂与刘孝叔俱至松江。夜半月出，置酒垂虹亭上。子野年八十五，以歌词闻于天下，作《定风波令》，其略云：见说贤人聚吴分，试问，也应傍有老人星。'坐客欢甚，有醉倒者，此乐未尝忘也。今七年耳，子野、孝叔、令举皆为异物，而松江桥亭，今岁七月九日海风架潮，平地丈余，荡尽无复乎遗矣。追思曩（nǎng）时，真一梦耳。元丰四年十二月十二日，黄州临皋亭夜坐书。"本诗作于元丰二年（1079）五月。当时，他任湖州知州，参寥与秦观等人去看望他，一起相会于松江畔，正巧关彦长、徐安中也到吴江，聚宴于垂虹亭上，饮酒畅谈后分韵作诗，苏轼分得"风"韵，他叹自己官场失意和身体欠佳，写下面两首诗。

【阅读链接】

苏轼乌台诗案

宋神宗在熙宁年间（1068—1077）重用王安石变法，变法失利后，又在元丰年间（1078—1085）从事改制。就在变法到改制的转折关头，发生了苏轼乌台诗案。这案件先由监察御史李定告发，后在御史台狱受审。御史台自汉代以来别称"乌台"，所以此案称为"乌台诗案"。

北宋神宗年间，苏轼因为反对新法，并在自己的诗文中表露了对新政的不满。由于他当时是文坛的领袖，任由苏轼的诗词在社会上传播对新政的推行很不利。所以在神宗的默许下，苏轼被关进乌台，每天被逼要交代他以前写的诗的由来和词句中典故的出处。由于宋朝有不杀士大夫的惯例，所以苏轼免于一死，但被贬为黄州团练副使。

元丰二年（1079），苏轼移任浙江湖州，七月遭御史台所派遣的皇甫遵等人逮捕入狱,他们指证苏轼在诗文中歪曲事实,诽谤朝廷。御史李定、何正臣、舒亶等人,举出苏轼的《杭州纪事诗》做为证据,说他"玩弄朝廷,讥嘲国家大事",更从他的其它诗文中挖出一句二句,断章取义的给予定罪,如"读书万卷不读律,致君尧舜知无术",本来苏轼是说自己没有把法律一类的书读通,所以无法帮助皇帝成为像尧、舜那样的圣人,他们却指他是讽刺皇帝没能以法律教导、监督官吏;又如"东海若知明主意,应教斥卤变桑田",说他是指责兴修水利的这个措施不对。其实苏轼自己在杭州也兴修水利工程,怎会认为那是错的呢?又如"岂是闻韶忘解味,迩来三月食无盐"说他是讽刺禁止人民卖盐。

苏轼在御史台内遭到严刑拷问,他自认难逃死罪。最后终能幸免一死。是年十二月二十八日,蒙神宗的恩赐被判流放黄州(湖北省黄冈县),苏轼被拘禁百余日,后获释离开御史台之狱。后人把这桩案件的告诉状和供述书编纂为一部《乌台诗案》。

长 桥

[北宋] 苏 辙

六月长桥断不收，朱阑初喜映春流。
虹腰①宛转三百尺，鲸背参差十五州②。
入市樵苏③看络绎，归家盐酪④免迟留。
病夫最与民同喜，卯酒⑤匆匆无复忧。

【作品出处】

录自清乾隆《吴江县志》。

【作者简介】

苏辙（1039—1112），字子由，号颍滨遗老。眉州眉山（今属四川）人。北宋文学家，"唐宋八大家"之一。

苏辙的政治态度与其兄长苏轼一致，嘉祐二年（1057），登进士第，初授秘书省校书郎、商州军事推官。宋神宗时，因反对王安石变法，出为河南留守推官。此后随张方平、文彦博等人历职地方。宋哲宗即位后，入朝历官右司谏、御史中丞、尚书右丞、门下侍郎等职，因上书谏事而被落职知汝州，此后连贬数处。宰相蔡京掌权时，再降朝请大夫，遂以太中大夫致仕，筑室于许州。政和二年（1112），苏辙去世，年七十四，追复端明殿学士、宣奉大夫。宋高宗时累赠太师、魏国公，宋孝宗时追谥"文定"。

苏辙与父亲苏洵、兄长苏轼齐名，合称"三苏"。其生平学问深受其父兄影响，以散文著称，擅长政论和史论，苏轼称其散文"汪洋澹泊，有一唱三叹之声，而其秀杰之气终不可没"。其诗力图追步苏轼，风格淳朴无华，文采少逊。苏辙亦善书，其书法潇洒自如，工整有序。著有《栾城集》等行于世。

【词语解释】

①虹腰：虹的中部，喻桥；鲸背：借指水面。
②十五州：指江南富庶之地。
③樵（qiáo）苏：本指砍柴刈草和打柴砍草的人，也指柴草，引申指日常生计。
④盐酪：盐和乳酪。

⑤卯（mǎo）酒：卯，指卯时，早晨五点到七点；卯酒，早晨喝的酒。

【写作背景】

　　元丰八年（1085）十月，苏辙（zhé）为右司谏，《苏辙年谱》中就记载，约十月底至十一月初，苏辙过苏州，苏州知府腾元发接待了他。苏辙《栾（luán）城后集》中有句："北归留我阖闾城"句。阖闾城即苏州。在吴江，他除了写有《长桥》诗外，还写有《寄题醉眠亭》。民国《垂虹识小录》记："醉眠亭在松江，宋李行中（无晦）建，李本湖人，徙居松江，高尚不仕，以诗酒自娱，治园号醉眠，苏辙有《题吴江李行中醉眠亭诗》。"

【阅读链接】

张显祖易石重建长桥

　　元泰定元年（1324）冬，吴江州州判张显祖刚到吴江上任。他知晓修长桥是吴江的要务。但工程巨大，资金从何而来？正好有广济寺僧崇敬来吴江。崇敬说，以木料修桥，不能保持长远，应用石料建桥，才能经久不坏。此时，参知政事马思忽因督运经吴江，认为可采用崇敬和尚的意见。马思忽了解张显祖的筹备情况后带头捐款。崇敬又说，修建长桥应考虑周全，任用妥当之人，推荐浙江嘉兴善士姚行满担当此任。

　　姚行满来吴江后，经过详细测算，绘出图纸，作出施工方案。正要开工，丞相刺罕路经吴江，吴江州官员向他汇报拟建桥之事，丞相说"吾必首倡"，随即捐钱万缗。此后，府、州官吏士民也纷纷捐资。平章高贯由湖广、江西到江浙，经松陵时嘱咐张显祖务必要将桥修好。学识渊博的吴江盛泽籍进士王朝臣受张显祖之聘，负责重建垂虹桥。为加固桥梁，王朝臣自己捐购铁锔一百九十六个。

　　元泰定二年闰正月，姚行满主持开工，易石重建垂虹桥，至翌年二月桥建成。桥长一千三百尺有奇，每个桥孔环若半月，共六十二孔。广中三梁，以通巨舟。层栏狻猊，危石赑屃，甃以文甓（桥面铺的大砖），过者如席。这次易石改建中，崇敬和尚和他的众多徒弟出资数占到建桥总费用的三分之二。桥建成后，请参知政事袁桷写《重建长桥记》。

秋月乘兴游松江至垂虹亭,登长桥,夜泊南岸,旦游宁境院①,因成十绝,呈君勉且寄子通(录一)

[北宋] 朱长文

长虹稳卧碧江心,梦寐频游觉莫②寻。
欢友相逢清绝处,酣歌一曲抵千金。

【作品出处】

录自清乾隆《吴江县志》。

【作者简介】

朱长文(1041—1098),北宋儒者。字伯原,号乐圃、潜溪隐夫,苏州吴县人(今属江苏苏州)。未冠,嘉祐四年(1059)进士,授秘书省校书郎。以父忧去职,家居二十年,筑藏书楼为"乐圃坊",藏书两万余卷,当时有名人士大夫以不到"乐圃坊"为耻,其藏书多有珍本秘籍,闻名于京师。元祐年间(1086—1094)起为本州教授,召为太学博士,迁秘书省正字、秘阁校理等职。所辑周穆王以来金石遗文、名人笔记,作《墨池》《阅古》两篇,为较早搜罗金石学遗文之名篇。著有《吴郡图经续记》《琴台记》《乐圃余稿》《乐圃集》等。

【词语解释】

①宁境院:清康熙《百城烟水》卷四:宁境华严讲寺,在长桥东。东晋大明元年,梁卫尉卿陆僧瓒舍庄,僧严建,名华严院。东魏天平元年,姚制重建。晋开运三年,僧弘佐增修。宋元祐四年,邑人姚得瑄施钱四十万缗,建浮图七级(高十三丈)。其邻旧有宁境院,绍兴五年僧从了舍,并为一,赐今额(并存二院之旧也)。时有僧慧寿拓址增建。建炎中,浮图修。十三年,僧文炯重修,增建西方殿(进士吉水曾令得记)。正统二年,僧会知重建。成化十六年,毁。僧祖兰再建,中有潮音堂、西轩、西楼、药师阁、巢云房、丰溢房、断云院。康熙壬戌,塔毁。

②莫:同暮。

【写作背景】

宋元丰（1078—1085）中，朱长文撰《吴郡图经续记》，卷中写到垂虹桥："庆历八年县尉王廷坚所建也。东西千余尺，用木万计。萦以修阑，甃以净甓（pì），前临具区，横截松陵，湖光海气，荡漾一色，乃三吴之绝景也。"他在秋月乘兴游松江至垂虹亭，登长桥，夜泊南岸，旦游宁境院，因成十绝，呈君勉且寄子通。子通为朱长文朋友，曾诗词唱和，朱长文另有《次韵公权子通唱酬诗四首·阊门怀古》。

【阅读链接】

垂虹亭

垂虹亭，在垂虹桥桥心。宋庆历八年（1048），吴江知县李问、县尉王庭坚建垂虹桥时所建，在"桥之心侈而广之，构宇其上，登以四望，万景在目，曰垂虹亭"，即在桥之中部有一处建得比桥略宽，在其上建一楼阁，可以登高远望到四周的景色，将其起名为垂虹亭。此后，宋代多次修建。元泰定二年（1325），吴江州州判张显祖将桥改建成石桥，同时改建垂虹亭。元至正七年（1347），吴江州达鲁花赤那海高昌氏隶书"垂虹"两字匾挂于亭上。五年后，吴江州达鲁花赤的斤海牙修垂虹亭，亭内供奉观世音菩萨。元末，垂虹亭毁于兵燹。明洪武元年（1368），吴江州知州孔克中重建垂虹亭，仍挂"垂虹"字匾。明清间，多有修建。

民国四年（1915），吴江县知事丁祖荫及后任周焘重修垂虹亭。新中国成立时，垂虹亭为一层四方形攒顶亭（攒顶即几条垂脊交会于顶部的锥形屋顶，也称攒尖顶），东南西北四面各一拱门，北拱门外有河埠其东西两侧各有一块水则碑靠亭基旁立在水中，南拱门外有一平板小石桥通往原太湖庙（即松陵庙，后改为粮库），东西两拱门通桥面，西南角内墙壁上嵌有一块三尺见方的宋代书法家米芾《吴江垂虹亭作》诗碑。1967年5月，垂虹桥坍塌，次年拆除残桥时亭亦拆去，亭内米芾诗碑和亭北两块水则碑不知去向。

舟泊长桥

[北宋] 杨 杰

区区朝市逐纷华①,不信湖心有海槎②。
八十丈虹晴卧影,一千顷玉碧无瑕。
古今风月归诗客,多少莼鲈属酒家。
安得扁舟如范蠡③,烟波深处卜生涯。

【作品出处】

录自清乾隆《吴江县志》。

【作者简介】

杨杰(约1019—1088),字次公,自号无为子,北宋无为(今属安徽)人,少有名于时,举进士。元祐中,为礼部员外郎,出知润州,除两浙提点刑狱。与苏轼同时,东坡集有杨杰诗序。享年七十。有文集二十余卷,《乐记》五卷。

【词语解释】

①纷华:繁华,富丽。
②海槎:见前郑獬诗注"仙槎"条。
③范蠡:范蠡(公元前536—公元前448),字少伯,楚国宛地三户(今河南淅川县滔河乡)人。春秋末期政治家、军事家、经济学家和道家学者。曾献策扶助越王勾践复国,后隐去。著《范蠡》两篇,今佚。范蠡在吴江各地留下足迹,平望的莺脰湖相传为范蠡所游五湖之一,震泽镇有蠡泽湖和思范桥,其"蠡"和"范"均指范蠡。以前,垂虹桥畔有三高祠,祭祀范蠡、张翰和陆龟蒙。

【写作背景】

杨杰为宋嘉祐四年(1059)进士,曾在润州(今江苏镇江)当官,后任两浙提点刑狱,两浙为浙东和浙西的合称,宋代有两浙路,辖今江苏省长江以南及浙江省全境。杨杰当在此时到过吴江垂虹桥。他的"八十丈虹晴卧影,一千顷玉碧无瑕。"与郑獬"插天蝃蝀玉腰阔,跨海鲸鲵金背高。"苏舜钦"云头滟滟开金饼,水面沉沉卧彩虹。"

被誉为吴江长桥三大名联。

【阅读链接】

垂虹桥的孔数

垂虹桥素以"江南第一长桥"闻名遐迩，位于吴江城区东门外，旧名利往桥，俗称长桥，始建于宋庆历八年（1048），其时为木结构，有一座名曰"垂虹"的亭子翼然立于桥心。元至元十二年（1275）重建，为八十五孔，大德八年（1304）增至为九十九孔。泰定二年（1325）易石重建，为六十二孔，桥中间有三大孔凸起以通舟，两堍立"汇泽""底定"两亭，并各立着一对栩栩如生的石狮。明成化年间重修。

关于易石重建后垂虹桥的孔数，也有多于六十二孔之记载。如清乾隆《吴江县志》所载明钱溥《重修垂虹桥记》记为该"桥亥千有余尺，下开七十二洞"；成书于元至正二十六年（1366）的陶宗仪所撰笔记《南村辍耕录》载："吴江长桥七十二䃶"；清乾隆《苏州府志》卷七水利二"弘治八年"条中引明人杨循吉《浚河志略》中云："吴江水口在长桥外，桥长二里，有七十二洞"；清乾隆《吴江县志》卷四十一所载明崇祯十年（1637）郡人沈畿的治水《条陈》中云："试观长桥之下，为门七十有二"。

明代水利学家、吴江人沈启《吴江水考》中云："（垂虹桥）为长一百三十丈，为窦六十有四。"同时注"郡志谓桥窦七十二。"始编于清光绪三十四年（1908）的《辞源》"垂虹桥"条云："桥有七十二洞，宋庆历八年建。俗名长桥。见嘉庆《一统志》七八'苏州府'二。"

民国四年（1915）重修时，仅见四十四孔。1957年8月被列为江苏省文物保护单位时，见有四十七孔，其余均埋在地下。岁月流逝，垂虹桥历经沧桑。由于年久失修，于1967年5月大部分塌毁，所幸的是现东端尚存十孔桥洞，西端尚显露七孔，马路下和吴江供电局承装所下尚埋数孔，估计垂虹桥现存总桥洞数为二十余孔。

与子瞻①松江得浪字

[北宋] 秦 观

松江浩无旁,垂虹跨其上。
漫然衔洞庭,领略非一状。
怳②如陈平野,万马攒穹帐。
离离云抹山,窅窅③天粘浪。
烟中渔唱起,鸟外征帆飏。
愈知宇宙宽,陡觉东南壮。
太史④主文盟,诸豪尽诗将。
超摇外形检,语笑共颉颃⑤。
嫋娟⑥弃追逐,拨剌亦从放⑦。
独留三百缸,聊用沃轩旷⑧。

【作品出处】

录自清乾隆《吴江县志》。

【作者简介】

秦观(1049—1100),北宋词人,字少游、太虚,号淮海居士,高邮(今属江苏)人。曾任秘书省正字、兼国史院编修官等职。因政治上倾向于旧党,被目为元祐党人,绍圣后累遭贬谪。文辞为苏轼所赏识,是苏门四学士之一。工诗词。词多写男女情爱,也颇有感伤身世之作,风格委婉含蓄,清丽雅淡。诗风与词相近。有《淮海集》《淮海居士长短句》。

【词语解释】

①子瞻:即苏轼。
②怳(huǎng):古同"恍"。
③窅窅(yǎoyǎo):遥远、深邃貌。
④太史:指苏轼。苏轼也称苏太史。

⑤颉颃(xiéháng)：原指鸟上下翻飞，引申为不相上下，相抗衡。
⑥嫃(pián)娟：美好貌。
⑦拨剌：象声词，形容鱼在水里跳跃的声音；从放：放纵。
⑧轩旷：高爽空阔，也指广阔无垠的大地。

【写作背景】

元丰二年（1079）五月，苏东坡任湖州知州，这期间，秦观与僧人道潜（字参寥，浙江于潜人）一同前去探望他。他们会松江，关彦长、徐安中亦到，他们游历了垂虹桥，分韵作诗，秦观写下了此诗，苏轼写下了《与秦太虚参寥会于松江而关彦长徐安中适至分韵得风字二首》诗。

【阅读链接】

屠母赵氏捐款修桥

明成化十六年（1480），垂虹桥坍塌现象颇为严重，巡抚御使刘魁来吴江，见状就命吴江知县冯衡修桥，冯衡苦于修桥费巨而迟迟未动工。此时，松陵本地有一女子，为屠母赵氏，其丈夫原为义官，因病早逝，留下一大笔遗产。丈夫亡后，长子又作古，赵氏连遭不幸，很是悲痛，但她闻知本县修缮垂虹桥短缺银两，便要捐资，她召来次子说道："你父所遗财产颇丰，原为你们兄弟二人拥有，现你兄已亡，尽悉归你。为娘我一来怕你拥有巨资，不思上进，二来也想积点德，将银两悉数捐出去修桥，为乡民造福，同时也为你造福。"儿子听了母亲之言，满口答应。于是，第二天，赵氏就将一千两白银送了过去。刘魁令知县登赵氏之门礼贺嘉奖。

刘魁委派苏卫指挥杨端负责工程，请赵氏的孙女婿周裎协助杨端。当年冬动工修桥，不到三个月，翌年春即竣工。"遄复其旧，焕然一新"。民间士绅感激赵氏并为长桥能重新通行，请南京吏部尚书华亭人钱溥作《重修垂虹桥记》。

吴江垂虹亭作

[北宋] 米 芾

断云一片①洞庭帆，玉破鲈鱼霜破柑。
好作新诗继②桑苎③，垂虹秋色满东南④。

【作品出处】

录自宋·米芾（fú）《蜀素帖》之《吴江垂虹亭作》。

【作者简介】

米芾（1051—1107），北宋书画家，初名黻，字元章，号襄阳漫士、海岳外史等。世居太原（今属山西），迁襄阳（今属湖北），后定居润州（今江苏镇江）。徽宗召为书画学博士，曾官礼部员外郎，人称米南宫。因举止"颠狂"，人称米颠。能诗文，擅书画，精鉴别。有《山林集》。

【词语解释】

①片：一作叶。
②继：一作寄。
③桑苎（zhù）：谓种植桑树与苎麻。泛指农桑之事。
④东南：一作江南。

【写作背景】

元祐三年（1088）八月，米芾应湖州知州林希之邀到了湖州，九月五日从湖州到吴江。《海岳题跋》中的《跋殷令名帖》中有云："元祐戊辰，集贤林舍人招为苕（tiáo）、霅（zhá）之游，九月二日道吴门……五日，舣（yǐ）舟吴江垂虹亭。"元祐戊辰即元祐三年。米芾还写有《吴江舟中诗》："昨风起西北、万艘皆乘便。今风转而东、我舟十五纤（qiàn）。力乏更雇夫、百金尚嫌贱。舡（chuán）工怒斗（dòu）语、夫坐视而怨。添槔（gāo）亦复车、黄胶生口咽。河泥若祐夫、粘底更不转。添金工不怒、意满怨亦散。一曳如风车、叫噉（dàn）如临战。傍观莺窦（yīngdòu）湖、渺渺无涯岸。一滴不可汲、况彼西江远。万事须乘时、汝来一何晚。"

【阅读链接】

米芾《吴江垂虹亭作》帖

米芾《吴江垂虹亭作》帖，采自《蜀素帖》。《蜀素帖》是北宋书法家米芾于元祐三年（1088）创作的行书绢本墨迹书法作品，现收藏于台北故宫博物院。《蜀素帖》为作者在蜀素上书其所作各体诗八首而成，其作品内容即为当时的游记和送行之作。其艺术风格则以和谐变化为准则，天真自然为旨归，通体笔法跳荡精致、结体变化多端、笔势沉着痛快。《蜀素帖》被后人誉为"中华第一美帖"，是"中华十大传世名帖"之一，人称"天下第八行书"。《吴江垂虹亭作》即是该帖中八首诗之一。

当年吴江垂虹桥桥心之亭垂虹亭中的米芾《吴江垂虹亭作》诗碑，即按此帖镌刻。1967年5月垂虹桥坍塌后，残桥与垂虹亭均拆除，原碑下落不明。

另元代书法家赵孟頫书有米芾诗帖，为美国纽约大都会博物馆所藏。

蜀素帖　宋·米芾书

吴江垂虹亭作

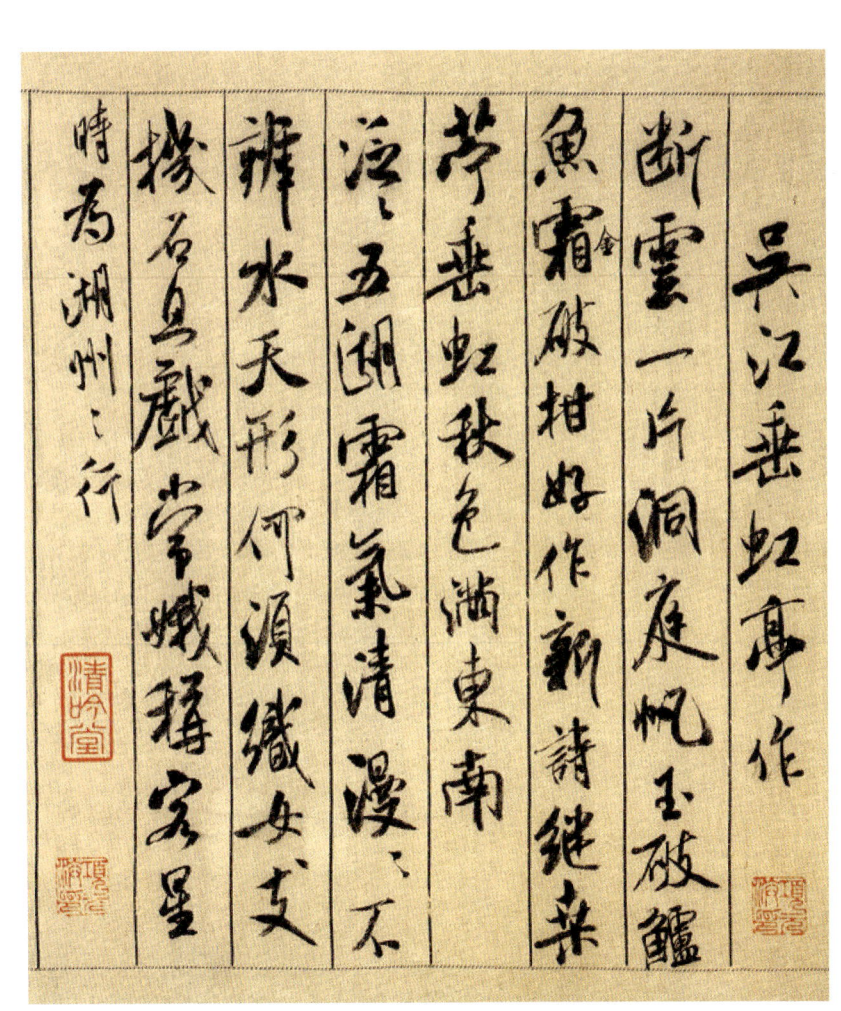

断云一片洞庭帆，玉破鲈
鱼霜破柑。好作新诗继桑
苎，垂虹秋色满东南。
泛泛五湖霜气清，漫漫
不辨水天形。何须织女支
机石，直戏常娥掷宝星。
时为湖州之行

蜀素帖·吴江垂虹亭作　宋·米芾书

念奴娇·中秋宴客，有怀壬午岁吴江长桥

[宋]叶梦得

洞庭波冷，望冰轮初转，沧海沉沉。万顷孤光云阵卷，长笛吹破层阴。汹涌三江，银涛①无际，遥带五湖深。酒阑歌罢，至今鼍②怒龙吟。　　回首江海平生，漂流容易散，佳期难寻。缥缈高城风露爽，独倚危槛③重临。醉倒清樽，姮娥④应笑，犹有向来心。广寒宫殿，为予聊借琼林。

【作品出处】

辑自陈去病辑《笠泽词征》。

【作者简介】

叶梦得（1077—1148），宋代词人。字少蕴。苏州吴县人。绍圣四年（1097）登进士第，历任翰林学士、户部尚书、江东安抚使等官职。晚年隐居湖州弁山玲珑山石林，故号石林居士，所著诗文多以石林为名，如《石林燕语》《石林词》《石林诗话》等。绍兴十八年卒，年七十二。死后追赠检校少保。叶梦得出身文人世家，其从祖父为北宋名臣叶清臣（《避暑录话·卷下》："曾从叔祖司空道卿，庆历中受知仁祖，为翰林学士。"）四世祖叶参为咸平四年进士，官至光禄卿。母亲晁氏为"苏门四学士"之一的晁补之之妹。在北宋末年到南宋前半期的词风变异过程中，叶梦得是起到先导和枢纽作用的重要词人。作为南渡词人中年辈较长的一位，叶梦得开拓了南宋前半期以"气"入词的词坛新路。叶词中的气主要表现在英雄气、狂气、逸气三方面。《全宋诗》录其诗两卷。

【词语解释】

①银涛：银白色的波涛。
②鼍（tuó）：爬行动物，穴居江河岸边，皮可以蒙鼓。亦称"扬子鳄""鼍龙""猪婆龙"。
③危槛（kǎn）：危栏。
④姮（héng）娥：神话中的月中女神，嫦娥的别称。《淮南子·览冥训》："羿请

不死之药於西王母，姮娥窃以奔月。"与上面的"冰轮"一词呼应。

【写作背景】

　　叶梦得的创作活动，以南渡为界，可分为两个阶段。早期词不出传统题材，作风婉丽。随着社会的巨变而学习苏轼词风，用词抒发家国之恨和抗敌之志。《念奴娇·中秋宴客，有怀壬午岁吴江长桥》，应是后期之作。叶梦得是苏州人，喜种竹，曾到吴江王份家中，得到了种竹的道理，他曾写道："乃知予三十年种竹，初未尝得真竹，微份，予不闻。君子哉若人！"王份家臞庵就在垂虹桥附近。叶梦得还写有《满庭芳·枫落吴江扁舟摇荡》，诗中有"枫落吴江，扁舟摇荡，暮山斜照催晴，此心长在，秋水共澄明。底事经年易判，惊遗恨、悄悄难平。临风处，佳人万里，霜笛与谁横……"绍兴八年叶梦得授江东安抚制置大使，兼知建康府、行宫留守，总管四路漕计。绍兴中有客人从吴江来看他，他一下子想起了吴江的风光，写下了《二月六日虏兵犯历阳，方出师，客自吴江来，有寄声道湖山之适、趣其归者，慨然写怀》诗，起首的诗句是"松江浪静如镜平，菰蒲长春秋水生"。

【阅读链接】

叶梦得建"绀书阁"

　　绍兴十年（1140），叶梦得为资政殿学士、兼福建安抚使。后辞官归，退居湖州光山石林别馆。学问洽博，工文词，间有感怀国事之作。其文词风格接近苏轼。好蓄书，宣和五年（1123）筑别馆于石林谷，建藏书楼以贮书，藏书总量逾十万卷以上，史称"极为华焕"，与宋宣献同称两大藏书家。皇统七年（1147），其家遇火，藏书楼荡为瓦砾，十万卷藏书化为灰烬。次年遂忧病卒。他提倡建公共藏书楼，以供众人阅读。他建"绀书阁"，取太史公金匮石室之意，以藏公用之书，列藏书目录于左方，具有公共藏书馆之性质。作有《绀书阁记》，专记其藏书之故实。

登垂虹亭二首

［宋］张元干

一别三吴①地，重来二十年。
疮痍兵火后，花石稻粱先。
山暗松江雨，波吞震泽天。
扁舟莫浪发，蛟鳄②正垂涎。

熠熠流萤③火，垂垂饮倒虹。
行云吞皎月，飞电扫长空。
壮观江边雨，醒人水上风。
须臾④风雨过，万事笑谈中。

【作品出处】

辑自清吕留良等辑《宋诗钞初集·芦川归来集》。

【作者简介】

张元干（1091—约1170），字仲宗，号芦川居士、真隐山人，晚年自称芦川老隐。芦川永福人（今福建永泰嵩口镇月洲村人）。出身书香门第。其父名动，进士出身，官至龙图阁直学士，能诗。张元干受其家风影响，从小聪明好学，永泰的寒光阁、水月亭是他幼年生活和读书处。十四五岁随父亲至河北官廨（在临漳县）已能写诗，常与父亲及父亲的客人唱和，人称之"敏悟"。金兵围汴，秦桧当国时，入李纲麾下，坚决抗金，力谏死守。曾赋《贺新郎》词赠李纲，后秦桧闻此事，以他事追赴大理寺除名削籍。元干尔后漫游江浙等地，客死他乡，归葬闽之螺山。张元干与张孝祥一起号称南宋初期"词坛双璧"。

【词语解释】

①三吴：地名，宋指苏州、常州、湖州。
②蛟鳄：蛟龙与鳄鱼，亦泛指凶猛的水中动物。

③流萤：飞行无定的萤。南朝谢朓《玉阶怨》诗："夕殿下珠帘，流萤飞复息。"唐杜牧《秋夕》诗："红烛秋光冷画屏，轻罗小扇扑流萤。"

④须臾（xūyú）：片刻，短时间。

【写作背景】

绍兴八年，秦桧（huì）当国，力主和议，胡铨上书请斩秦桧等以谢天下，胡铨被除名送新州编管，张元干持所赋《贺新郎》词送行。绍兴二十一年（1151）被告发，秦桧将张元干逮捕至临安。因张元干挂冠已久，只好"以它事追赴大理寺狱"。绍兴二十五年（1155）秦桧死后，张元干出狱，被迫到了吴越之地，大约在绍兴三十一年（1161），他死在了苏州。绍兴二十七年（1157），张元干挂杖登上吴江垂虹桥，感慨万千，写下《水调歌头·丁丑春与钟离少翁、张元鉴登垂虹》："挂策松江上，举酒酹（lèi）三高。此生飘荡，往来身世两徒劳。长羡五湖烟艇，好是秋风鲈鲙，笠泽久蓬蒿。想像英灵在，千古傲云涛。俯沧浪，舌空旷，恍神交。解衣盘礴，政须一笑属吾曹。洗尽人间尘土，扫去胸中冰炭，痛饮读离骚。纵有垂天翼，何用钓连鳌。"两年后中秋，再游吴江，时已近七十岁，有《念奴娇·垂虹望极》诗，《登垂虹亭二首》也当写于此时。张元干在相同时间段，他还写了另一首《醉落魄》词："浮家泛宅。旧游记雪溪踪迹。此生已是天涯隔。投老谁知，还作三吴客……"表达了投老无人知的感慨和飘零在外的思乡情怀。

【阅读链接】

张元干抗击金兵

宋靖康元年（1126）一月，李纲任亲征行营使负责京都防务。张元干为行营属官。金兵渡过黄河围攻京都（今河南开封）。危急时刻李纲挺身而出，坚决抗金，力谏死守。张元干抗金激情澎湃，立即上《却敌书》，投入李纲指挥的京都保卫战。张元干随李纲冒矢雨亲临城上指挥杀敌，打退金兵多次进攻。战斗异常惨烈，金兵遭重大损失后，知李纲守城有备，于同年二月退兵，京都得解围。为此，张元干写《丙午春京城围解口号》诗，欢呼胜利。

念奴娇·中秋垂虹和韵

[南宋]赵磻老

冰蟾①驾月,荡寒光、不见层波浸碧②。几岁中秋争得似,云卷秋声寂寂。多谢星郎③,来陪贤令④,快赏鳌峰⑤极。广寒宫近,素娥不靳⑥余力。　　夜久露落琼浆,神京归路,有云翘⑦前迹。当日仙人曾驭气,只学神交龟息。今夜清尊,一齐分付,稳是乘槎⑧客。天津⑨重到,霓裳何似闻笛。

【作品出处】

辑自陈去病辑《笠泽词征》。

【作者简介】

赵磻老(1121—1200),字渭师,号拙庵,山东东平人,生于宋宣和三年(1121),二十一岁时凭岳父遗泽入仕,初任宝应县主簿(掌文案簿记的官)。绍兴三十年(1160)二月,同知枢密院叶义问出使金国,赵磻老以礼物官随行,同年三月礼成而返。乾道六年(1170)五月,范成大奉旨使金,赵磻老作为书状官随同出使,再次使金,轻车熟路,范成大觉得赵称职能干,将他推荐给丞相虞允文,擢升正言(相当于拾遗,掌规谏)。后任楚州知州、庐州知州、两浙路转运副使、工部侍郎等。晚年退隐,迁居黎里。作品有《拙庵词》一卷。

【词语解释】

①冰蟾(bīngchán):指月亮。
②层波浸碧:层层波浪中的青山。
③星郎:《后汉书·明帝纪》:"馆陶公主为子求郎,不许,而赐钱千万。谓群臣曰:'郎官上应列宿,出宰百里,苟非其人,则民受殃,是以难之。'"后因称郎官为"星郎"。
④贤令:贤明的县令。
⑤鳌(áo)峰:江海中的岛屿。因如巨鳌背负山峰,故名。
⑥靳:吝惜
⑦云翘:仙女名。相传为天宫里的女官。

⑧乘槎（chéngchá）：见前郑獬诗注。
⑨天津：银河。

【写作背景】

淳熙五年（1178）十一月，殿前都指挥使司招兵舞弊事发，赵磻老退隐，迁居黎里，所居黎里镇之东染字圩花园港。有朋友写了中秋垂虹词，他和作本词，原作无考。赵磻老对园林和古迹很重视，黎里属吴江，与垂虹桥不远，他当去过垂虹桥。本词当写在1178年至1189年间。

【阅读链接】

赵磻老营建黎里赵家花园

赵磻老是欧阳修的曾孙女婿，夫唱妇随，感情弥笃。夫妻俩相中了黎里这方水土，带领一班僮丫环选定南港西侧一条无名小浜，安顿下来，营建赵家花园。赵磻老来到黎里，干了三件对黎里影响深远的大事。一是调停黎里本土居民与北方移民的矛盾，黎里由村庄升格为乡镇。第二件大事，是整治市河，整顿街道。第三件大事，是一桩文化工程，营建黎里第一个，也是吴江县第一个私家花园。

拟岘台观雪（节录）

[南宋] 陆 游

垂虹亭上三更①月，拟岘台前清晓②雪。
我行万里跨秦吴，此地固应名二绝。

【作品出处】

辑自宋陆游撰《剑南诗稿》。

【作者简介】

陆游（1125—1210），字务观，号放翁。越州山阴（今浙江绍兴）人，南宋著名诗人。少时受家庭爱国思想熏陶，高宗时应礼部试，为秦桧所黜。孝宗时赐进士出身。中年入蜀，投身军旅生活，官至宝章阁待制。晚年退居家乡。其一生笔耕不辍，今存诗九千多首，内容极为丰富。与王安石、苏轼、黄庭坚并称"宋代四大诗人"，又与杨万里、范成大、尤袤合称"南宋四大家"。著有《剑南诗稿》《渭南文集》《南唐书》《老学庵笔记》等。

【词语解释】

①三更：指半夜十一时至翌晨一时。
②清晓：天刚亮时。

【写作背景】

宋淳熙六年（1179），陆游奉命改提举江南西路常平茶盐公事，冬天，到江西省临川（抚州）市任所。他来到抚河畔的拟岘台，在拟岘台观雪，想到了吴江松陵的钓雪滩，也想到了松陵的垂虹桥，写下了本诗。陆游曾在乾道六年（1170）五月九日午间渡过的"松江"。陆游到了吴江，由知县右承议郎管鈗（yǔn）、县尉右迪功郎周郯二位地方军政官员接待。他经过宋大冶令王份在吴江松陵东门外的瞿（qú）庵，叹其流风，九日傍晚离开吴江，回望垂虹桥、华严塔，感觉是图画一般。此后念念不忘，在抚州拟岘台观雪，诗咏垂虹桥。

【阅读链接】

拟岘台

　　拟岘台，位于江西省临川（今抚州市市辖区）抚河畔，历来为江南名胜，古与河北幽州台、山西鹳雀楼、赣州郁孤台等齐名；有诗云"占断江西景，临川拟岘台"。拟岘台始建于北宋嘉祐二年（1057），现台为第七次重新修复，主体高度为四十九点九米，为宋代风格建筑。

　　兴建当年，曾巩曾作《拟岘台记》，此为台记之权舆。王安石亦应邀为此台赋诗。陆游多次登台吟唱，留下名句多多……历代文人墨客为拟岘台所作题记诗赋，难以悉数。

垂 虹

[南宋]范成大

浪拍楼阑家枕流,天将奇胜慰悲秋。
飞来玉塔横江卧,散作金鳞卷地浮。
何处风烟寻祖武,此生功业记今游。
长年剩看垂虹月,肯向鸥前①说滞留。

【作品出处】

录自清乾隆《吴江县志》。

【作者简介】

范成大(1126—1193),字至能,号石湖居士。南宋诗人,苏州吴县(今苏州市吴中区)人。绍兴进士,官至参知政事。晚年退居故乡石湖。其诗题材广泛,又工词。著作颇富,存世有《石湖居士诗集》《石湖词》《吴船录》《吴郡志》等。

【词语解释】

①鸥前:谓与鸥鸟为友,比喻隐退。

【写作背景】

范成大作《吴郡志》,对垂虹桥历史非常熟悉,他在《吴郡志》中记载道:"利往桥,即吴江长桥也。北宋庆历八年(1048),县尉王廷坚所建。有亭曰垂虹。而世并以名桥。"乾道三年(1167)六月范成大应吴江县令之请,作《三高祠记》。乾道四年(1168)七月六日,范成大与韩元吉会饮于垂虹亭。韩元吉《水调歌头》小序云:"七月六日,与范至能会饮垂虹。是时,至能赴括苍,予以九江命造朝,至能索赋。"乾道八年(1172),范成大接到了去广西担任安抚使的通知,12月7日,他从家乡吴郡出发,12月15日,范成大一行再从赤门出发,沿运河南下,过了宝带桥,吃早饭时到达吴淞江。与送行的客人一起进入瞿(qú)庵。夜里再登上垂虹桥。范成大作过《次韵答吴江周县尉饮垂虹见寄》:"垂虹亭上角巾倾,鼍(tuó)怒龙吟醉不听。安得对君浮大白,想应嗤我汗新青。梦魂舞蝶随春草,时节宾鸿点暮汀。湖海扁舟须及健,莫教明月照星星。"送行的人也忘记了回去,就一起停泊在垂虹桥下过夜了。本诗作于何时待考。

【阅读链接】

范成大使不辱命

南宋朝廷在与金国签订隆兴和议时,忘了议定接受国书的礼仪,宋孝宗曾为此感到后悔。乾道六年(1170)五月,孝宗任命范成大为起居郎、代理资政殿大学士、左太中大夫、醴(lǐ)泉观使兼侍读,封丹阳郡开国公,充任祈请国信使,向金国索求北宋诸帝陵寝之地,并请更定受书之仪。范成大因所奉国书仅提及陵寝事,请一并写入受书一事,孝宗不许。临行前,孝宗对范成大说:"朕不败盟发兵,何至害卿!啮雪餐毡,理或有之。"左相陈俊卿因力主暂缓遣使而离任,吏部侍郎陈良祐因谏阻派遣泛使一事而被贬居筠(jūn)州(今江西高安),大臣李焘畏惧而不敢受命出使。在此情况下,范成大慨然而行。当时金国负责迎接范成大的使者仰慕其名声,效仿他在头上戴巾帻(zé),以示崇敬。

到燕山后,范成大秘密地草拟奏章,具体论述受书仪式,把它放入怀中。范成大首次呈进国书,言词慷慨,金国君臣正认真倾听时,范成大忽然上奏道:"两朝已经结为叔侄关系,而受书礼仪没有确定,我这里有奏章。"于是把插在腰上的手板拿出。金世宗大吃一惊,说:"这难道是献国书的地方?"金朝群臣用手板击他要他起来,范成大一直跪着要献上国书,金国朝臣议论纷纷,太子甚至想杀死范成大,经越王阻止才作罢。不久,回到住所,完颜雍派伴使宣旨听候处理。最终,范成大得以保全气节而归。

同年九月,范成大返宋。金世宗复书拒宋所请,只许南宋方面奉迁陵寝,同意归还宋钦宗梓宫。范成大回国后,写成使金日记《揽辔(pèi)录》。

垂虹亭观打鱼斫鲙四首

[南宋]杨万里

桥柱疏疏四寂然,亭前突出八鱼船。
一声磔磔①鸣榔起,惊出银刀②跃玉泉。

六只轻舠③搅四旁,两船不动水中央。
网丝一撒还空举,笑得倚栏人断肠。

渔郎妙手绝多机,一网收鱼未足奇。
刚向人前撰勋绩④,不教速得只教迟。

鲈鱼小底最为佳,一白双腮是当家。
旋看水盘堆白雪,急风吹去片银花。

【作品出处】

辑自徐达源《诚斋诗集》。

【作者简介】

杨万里(1127—1206),字廷秀,号诚斋。吉州吉水(今江西省吉水县黄桥镇湴塘村)人。南宋著名诗人、大臣,与陆游、尤袤、范成大并称为"中兴四大诗人"。因宋光宗曾为其亲书"诚斋"二字,故学者称其为"诚斋先生"。

杨万里一生作诗两万多首,传世作品有四千二百首,被誉为一代诗宗。他创造了语言浅近明白、清新自然,富有幽默情趣的"诚斋体"。杨万里的诗歌大多描写自然景物,且以此见长。他也有不少篇章是反映民间疾苦、抒发爱国感情的作品。著有《诚斋集》等。

【词语解释】

①磔磔(zhézhé)：象声词，鸟鸣声。
②银刀：指白色的刀形鱼。
③轻舠(dāo)：轻快的小舟。
④勋绩(xūnjì)：亦作"勋迹"。功勋；功绩。

【写作背景】

杨万里曾数次游历吴江，《杨万里年谱》记载：淳熙四年(1177)五月，入常山界，过招贤渡、苕(tiáo)溪、德清、泊吴江。淳熙六年(1179)三月初，在苏州五日，过吴江后，阻风上湖口。绍熙元年(1190)正月五日，阻风太湖石塘南头，过吴江，到垂虹桥。绍熙元年十二月，夜泊平望，第二天过垂虹桥。绍熙元年正月有《月夜阻风泊舟太湖石塘南头》的《题三高堂》。《月夜阻风泊舟太湖石塘南头》诗四首，其中有"新年乘兴看春风，走过垂虹东复东"诗。绍熙元年十二月留诗，《风定过垂虹桥》中有"自汲松江桥下水，垂虹亭上试新茶"句，《鲈鱼》诗中有"两年三度过垂虹，每过垂虹每雪中"句。《垂虹亭观打鱼斫鲙(zhuókuài)四首》当作于此时。

【阅读链接】

银刀的传说

太湖白鱼又称太湖银刀，相传这名字的由来还有一个动人的传说。明朝末年，清兵打入太湖，太湖渔民张三带领一帮人与南下的清兵在太湖一带激战。一次，张三在湖上与清兵作战时，手臂中箭，手中大刀掉入湖中。他忍住剧痛，弯腰从湖中拾起一把银刀，向清兵杀去，清兵被他的神勇给镇住了，纷纷落荒而逃。张三再一瞧手中，原来是一条银光闪烁的白鱼，这样银刀这个名字就叫开了。

水调歌头·垂虹亭

[南宋]张孝祥

舣棹太湖岸,天与水相连。垂虹亭上,五年不到故依然。洗我征尘三斗,快揖商飚①千里,鸥鹭亦翩翩。身在水晶阙,真作驭风仙。 望中秋,无五日,月还圆。倚栏清啸孤发,惊起蛰龙眠。欲酹鸱夷②西子,未办当年功业,空击五湖船。不用知余事,莼鲈正芳鲜。

【作品出处】

辑自《全宋词》。

【作者简介】

张孝祥(1132—1169),字安国,号于湖居士,简州(今属四川)人,生于明州鄞县。宋朝词人。绍兴二十四年(1154),状元及第,授承事郎,签书镇东军节度判官。由于上书为岳飞辩冤,为权相秦桧所忌,诬陷其父张祁有反谋,并将其父下狱。次年,秦桧死,授秘书省正字。历任秘书郎、著作郎、集英殿修撰、中书舍人等职。宋孝宗时,任中书舍人直学士院等,颇有政绩。乾道五年(1169),以显谟阁直学士致仕。次年在芜湖病逝,年仅三十八岁。张孝祥善诗文,尤工词,风格宏伟豪放,为"豪放派"代表作家。有《于湖词》等传世。

【词语解释】

①商飚(biāo):亦作"商猋",指秋风。
②鸱夷(chīyí):鸱夷子皮,范蠡助勾践灭吴后,退隐五湖,自号鸱夷子皮。

【写作背景】

隆兴元年(1163),张孝祥到平江(苏州)府做知府。《张履祥年谱》载:"《信谱传》云:'孝宗即位,除集英殿修撰,知平江府事,提兴学事,赐紫金鱼袋。'"应当在此时他也到过垂虹桥。乾道三年(1167),入朝陛见皇帝,过镇江金山寺,《张孝祥年谱》载:"乾道三年……三月上旬,赴阙陛辞,过金山寺,过宝应禅寺书苏坤游金山寺诗，并为所建玉鉴堂题额。"南宋都城在杭州，镇江至杭州经过吴江，张孝祥当此时重游垂虹桥留下此诗。

【阅读链接】

少年英伟的张孝祥

张孝祥自幼资质过人，被视为天才儿童，《宋史》称他"读书一过目不忘"，《宣城张氏信谱传》说他"幼敏悟，书再阅成诵，文章俊逸，顷刻千言，出人意表"。1147年，张孝祥十六岁，通过了乡试，走出了迈向仕途的第一步。十八岁，孝祥在建康从蔡清宇学，二十二岁时，"再举冠里选"。

绍兴二十四年（1154），张孝祥二十三岁，参加廷试。宋高宗亲自将其擢为第一，居秦桧孙秦埙之上，同榜中进士的有范成大、杨万里、虞允文等。此次科举考试，本来掌握在秦桧手中，因为高宗干预，孝祥才能得中状元。高中状元一事，改变了他一生命运。登上政治舞台不久，孝祥便站了主战派一面，一则他方第不久便上言为岳飞鸣冤，二则他在朝堂上对秦桧党羽曹泳提亲"不答"，这一对主和派鲜明的反对立场，使得他得罪秦桧一党。秦桧指使党羽诬告其父张祁杀嫂谋反，将张祁投入监狱，百般折磨，张孝祥因此牵连受难，幸而秦桧不久身死，才结束了这段艰难的时期。

张孝祥作为一个出身"荒凉寂寞"的年青人，能在同时代文人中脱颖而出，必有不凡之处，归纳起来，一是才华卓绝，如时人对他的评价"天上张公子，少年观国光"（王十朋），其次也有英迈的性格，"谈笑翰墨，如风无踪"（张栻），"当其得意，诗酒淋漓，醉墨纵横，思飘月外"（杨万里）。从这些时人对他的评价中，可见他自少年时代起，便具潇洒倜傥的气质，英伟不羁性格。

水调歌头·和王正之右司①吴江观雪见寄

[南宋] 辛弃疾

造物②故豪纵③,千里玉鸾飞。等闲更把,万斛琼粉盖颇黎(玻璃)。好卷垂虹千丈,只放冰壶一色,云海④路应迷。老子⑤旧游处,回首梦耶非。　谪仙人⑥,鸥鸟伴,两忘机⑦。掀髯⑧把酒一笑,诗在片帆⑨西。寄语⑩烟波旧侣,闻道莼鲈正美,休裂芰荷衣。上界足官府,汗漫⑪与君期。

【作品出处】

辑自吴江市政协编《历代名人咏吴江书画集》。

【作者简介】

辛弃疾(1140—1207),南宋词人。原字坦夫,改字幼安,别号稼轩居士,历城(今山东济南)人。出生时,中原已为金兵所占。二十一岁参加抗金义军,不久归南宋。历任湖北、江西、湖南、福建、浙东安抚使等职。一生力主抗金。曾上《美芹十论》与《九议》,条陈战守之策。其词抒写力图恢复国家统一的爱国热情,倾诉壮志难酬的悲愤,对当时执政者的屈辱求和颇多谴责;也有不少吟咏祖国河山的作品。题材广阔又善化用前人典故入词,风格沉雄豪迈又不乏细腻柔媚之处。由于辛弃疾的抗金主张与当政的主和派政见不合,后被弹劾落职,退隐江西带湖。辛弃疾以词闻名于世,为豪放一体之宗。有《稼轩词》。

【词语解释】

①王正之右司:即王正己,字正之,四明人,曾任右司郎官,官至太府卿。
②造物:古人认为有一个创造万物的神力,叫做造物。
③纵:豪放不羁。
④海:比喻广阔无垠的大海。
⑤子:辛弃疾的自称。
⑥谪(zhé)仙人:谪居世间的仙人,这里自喻。
⑦忘机:消除机巧之心。常用以指甘于淡泊,与世无争。

⑧掀髯(rán)：笑时启口张须貌；激动貌。
⑨片帆：孤舟；一只船。
⑩寄语：传话，转告。
⑪汗漫：广大，漫无边际。

【写作背景】

辛弃疾二十六至二十八岁时曾流寓吴中、游历吴江，对吴江有很深印象，他闲居上饶时，曾写有《清平乐·忆吴江赏木樨(xī)》木樨即桂花。淳熙己亥，辛弃疾从湖北漕移湖南，与辛弃疾同朝为官的右司王正之小山亭置酒，两人有诗词唱和。王正之吴江观雪写《水调歌头》词后寄给辛弃疾，辛弃疾和了此词寄还。本诗作于淳熙二年冬（1175），辛弃疾还写有其它有关吴江的诗，他在《玉楼春》词中就写有"旧时枫叶吴江句"。

【阅读链接】

水龙吟·登建康赏心亭①

[宋] 辛弃疾

楚天千里清秋，水随天去秋无际。遥岑远目，献愁供恨，玉簪螺髻②。落日楼头，断鸿声里，江南游子。把吴钩看了，栏杆拍遍，无人会，登临意。

休说鲈鱼堪脍，尽西风，季鹰归未③？求田问舍，怕应羞见，刘郎才气④。可惜流年，忧愁风雨，树犹如此！倩何人唤取，红巾翠袖，揾英雄泪！

（录自《全宋词》）

注释：

①建康：今江苏南京；赏心亭：《景定建康志》："赏心亭在（城西）下水门城上，下临秦淮，尽观赏之胜。"

②玉簪螺髻：玉做的簪子，像海螺形状的发髻，这里比喻高矮和形状各不相同的山岭。

③"休说鲈鱼堪脍"三句：用西晋张翰典，见《晋书·张翰传》。另外《世说新语·识鉴篇》也有记载：张翰在洛阳做官，在秋季西风起时，想到家乡莼菜羹和鲈鱼脍的美味，便立即辞官回乡。后来的文人将思念家乡称为莼鲈之思。季鹰：张翰，字季鹰。

④"求田问舍"三句：典出《三国志·魏书·陈登传》，东汉末年，有个人叫许汜（sì），去拜访陈登。陈登胸怀豪气，喜欢交结英雄，而许汜见面时，谈的却都是"求田问舍"（买地买房子）的琐屑小事。陈登看不起他，晚上睡觉时，自己睡在大床上，

叫许汜睡在下床。许汜很不满,后来他把这件事告诉了刘备。刘备听了后说:"当今天下大乱的时候,你应该忧国忧民,以天下大事为己任,而你却求田问舍。要是碰上我,我将睡在百尺高楼上,叫你睡在地下。"

念奴娇·留别辛稼轩

[南宋]刘 过

知音者少,算乾坤许大①,著身何处。直待功成方肯退,何日可寻归路。多景楼②前,垂虹亭下,一枕眠秋雨。虚名相误,十年枉费辛苦。 不是奏赋明光,上书北阙③,无惊人之语。我自匆忙天未许,赢得衣裾④尘土。白璧追欢,黄金买笑,付与君为主。莼鲈江上,浩然明日归去。

【作品出处】

辑自《全宋词》。

【作者简介】

刘过(1154—1206),南宋文学家,字改之,号龙洲道人。吉州太和(今江西泰和县)人,长于庐陵(今江西吉安),去世于江苏昆山,其墓尚在。其为人尚气节,以建功立业自许,多次上书宰臣,进恢复中原之策,不为时所用。四次应举不中,流落江湖间,布衣终身。曾为陆游、辛弃疾所赏,亦与陈亮、岳珂友善。词风与辛弃疾相近,抒发抗金抱负狂逸俊致,与刘克庄、刘辰翁享有"辛派三刘"之誉,又与刘仙伦合称为"庐陵二布衣"。有《龙洲集》《龙洲词》。

【词语解释】

①许大:这般大。
②多景楼:楼名。在今江苏省镇江市北固山甘露寺内。
③北阙(què):古代宫殿北面的门楼,是臣子等候朝见或上书奏事之处。此处用为宫禁或朝廷的别称。
④衣裾(jū):衣襟。

【写作背景】

刘过屡试不第,漫游江、浙等地,依人作客,与陆游、陈亮、辛弃疾等交游。据《江湖纪闻》记载,刘过与辛弃疾是莫逆之交。宋宁宗嘉泰三年(1203)左右,刘过因母病告归,辛弃疾知其囊中羞涩,遂买船筹资相送。刘过有感于他的知遇之恩,遂赋词留别,作了一阕《念奴娇》,慷慨激昂,向其抒发生平之志,并倾诉自己报国无门的感慨。他不止一次到过吴江,曾作诗《泊船吴江县》"草树连塘岸,人家半橘洲。暖寒寻酒去,觉懒罢诗休。逆境年年梦,劳生处处愁。天涯倦行客,明日又苏州。"在《自述》也有"扁舟送客出姑苏,晚泊吴江夜雨馀。"的诗句。他对垂虹亭一往情深,"多景楼前,垂虹亭下,一枕眠秋雨",想象在秋雨中醉眠的乐趣,寄托他对归隐生活的渴望,景虚而情实。词人与辛弃疾相聚之时,追欢买笑;离别之际,不提友情,不言世事,只谈相聚时的美好;"白璧"三句足见二人交情之深。最后,作者用张翰之事来表明其归隐之意。"莼鲈江上,浩然明日归去。"在说尽满腹悲愤牢骚之后,作者提出了别后归隐的意愿。整首词如此结束,主旨严明,辞意俱尽,似水到而渠成。整首词慷慨激昂,风格粗犷,狂逸之中又饶有俊致,感染力极强。作为一名有血性的爱国志士,抱负无处施展,理想无法实现临别之时,面对友人,刘过自述生平抱负,感叹怀才不遇,倾吐满腹悲愤。整首词慷慨激昂,风格粗犷,狂逸之中又饶有俊致,感染力极强。

【阅读链接】

"天下奇男子"刘过

刘过是位有血性的爱国词人,为人豪爽,被宋末诗人宋无(字子虚,原籍晋陵)称为"平生以义气撼当世"的"天下奇男子"。看到他的名与字我们就知道,金庸先生在《神雕侠侣》里令郭靖为杨过取名,并为之取字"改之",当是由此借鉴而来。刘过东上会稽,南窥衡湘,西登岷峨,北游荆扬,"上皇帝之书,客诸侯之门"(刘过《独醒赋》),但始终没有得到朝廷的重视和任用。刘过平生四次应举不中,流落江湖间,布衣终身。他因善写词为辛弃疾所欣赏,词风大略与辛弃疾词风相近,其词能够在辛派阵营中占据重要一席,并不仅仅是因为那些与辛弃疾豪纵恣肆之风相近的作品,还在于那些豪迈中颇显俊致的独特词风,正如刘熙载所说:"刘改之词,狂逸之中自饶俊致,虽沉着不及稼轩,足以自成一家。"

过垂虹

[南宋] 姜　夔

自琢新词韵最娇，小红①低唱我吹箫。
曲终过尽松陵路，回首烟波十四桥②。

【作品出处】

录自清乾隆《吴江县志》。

【作者简介】

姜夔（约1155—1221），南宋词人、音乐家，饶州鄱阳（今江西波阳）人。早岁孤贫，生活窘迫。一生未仕，往来鄂、赣、皖、苏、浙间，与当时诗人词客交游。工诗，词尤有名，且精通音乐。有《白石道人歌曲》《白石道人诗集》《诗说》等。

【词语解释】

①小红：范成大赠给姜夔的一个歌女。
②十四桥：非是定数，指姜夔所访的范成大家乡吴县石湖至垂虹桥间的桥。

【写作背景】

这首七绝，是诗人于宋光宗绍熙二年（1191）除夕，携小红由石湖（苏州与吴江之间的风景区，范成大的别墅所在）范成大家，乘船归湖州（今属浙江），路过垂虹桥时所写，因此诗题也命为《过垂虹》。陆友仁《砚北杂志》中记载："小红，顺阳公（指范成大）青衣也，有色艺。顺阳公之请老，姜尧章诣之。一日，授简徵（zhǐ）新声，尧章制《暗香》《疏影》二曲，公使二妓习之，音节清婉。公寻以小红赠之。其夕大雪，过垂虹，赋诗曰：'自作新词韵最娇，小红低唱我吹箫。曲终过尽松陵路，回首烟波十四桥'，尧章每喜自度曲，小红辄歌而和之。"姜夔在这次归乡途中，还写有《除夕自石湖归苕溪十绝句》，苕溪在浙江吴兴，在十绝句中其中一首也写到了垂虹桥："笠泽茫茫雁影微。玉峰重叠护云衣；长桥寂寞春寒夜，只有诗人一舸归。"五年后的一个冬天，姜夔与朋友又来到了垂虹桥，写下了《庆宫春·双桨莼波》词："双桨莼波，一蓑松雨，暮愁渐满空阔。呼我盟鸥，翩翩欲下，背人还过木末。那回归去，荡云雪、孤舟夜发。伤心重见，依约眉山，黛痕低压。采香径里春寒，老子婆娑，自歌谁答？

垂虹西望，飘然引去，此兴平生难遇。酒醒波远，正凝想、明珰（dāng）素袜。如今安在？惟有阑干，伴人一霎。"词前有一段小序："绍熙辛亥除夕。余别石湖归吴兴，雪后夜过垂虹，尝赋诗云：'笠泽茫茫雁影微。玉峰重叠护云衣。长桥寂寞春寒夜，只有诗人一舸归。'后五年冬，复与俞商卿、张平甫、铦朴翁自封禺同载诣梁溪，道经吴松。山寒天迥，云浪四合。中夕相呼步垂虹，星斗下垂，错杂渔火，朔吹凛凛，卮酒不能支。相翁以衾自缠，犹相与行吟，因赋此阕，盖过句涂稿乃定。相翁答予无益，然意所耽，不能自己也。平甫，商卿，朴翁皆工于诗，所出奇诡，予亦强追逐之。此行既归，各得五十余解。"

【阅读链接】

《过垂虹》中的"新词"

诗中首句所说的"新词"，指姜夔在绍熙二年除夕夜范成大石湖别墅所作新词《暗香》《疏影》两曲，词前有小序："辛亥之冬，余载雪诣石湖。止既月，授简索句，且征新声，作此两曲，石湖把玩不已，使二妓肄习之，音节谐婉，乃名之曰《暗香》《疏影》。"

暗　香

旧时月色，算几番照我，梅边吹笛。唤起玉人，不管清寒与攀摘。何逊而今渐老，都忘却春风词笔。但怪得竹外疏花，香冷入瑶席。江国，正寂寂。叹寄与路遥，夜雪初积。翠尊易泣，红萼无言耿相忆。长记曾携手处，千树压西湖寒碧。又片片、吹尽也，几时见得。

疏　影

苔枝缀玉，有翠禽小小，枝上同宿。客里相逢，篱角黄昏，无言自倚修竹。昭君不惯胡沙远，但暗忆、江南江北。想佩环、月夜归来，化作此花幽独。犹记深宫旧事，那人正睡里，飞近蛾绿。莫似春风，不管盈盈，早与安排金屋。还教一片随波去，又却怨、玉龙哀曲。等恁时、重觅幽香，已入小窗横幅。

《暗香》写的是自己身世飘零之恨和伤离念远之情，《疏影》则披露了作者对国家衰危的关切和感触。这是他的得意之作，所以毫不掩饰自己的高兴，说自己所创词音节和谐婉丽。

松江舟中四首荷叶浦时有不测末句故及之(其一、二)

[南宋] 戴复古

夜听枫桥①钟,晓汲松江②水。
客行信匆匆,少住亦可喜。
且食鳜鱼肥,莫问鲈鱼美③。

垂虹五百步④,太湖三万顷。
除却岳阳楼⑤,天下无此景。
范蠡挟西施,功名付烟艇⑥。

【作品出处】

录自清乾隆《吴江县志》。

【作者简介】

戴复古(1167—?),南宋诗人,字式之,常居南塘石屏山,故自号石屏、石屏樵隐。台州黄岩(今属浙江台州)人。一生不仕,浪游江湖,后归家隐居,卒年八十余。曾从陆游学诗,作品受晚唐诗风影响,兼具江西诗派风格。部分作品抒发爱国思想,反映人民疾苦,具有现实意义。他是著名的江湖派诗人,身处南宋小朝廷偏安一隅的乱世,与老师陆游一样,有志难伸,只好常浪迹天涯,游历各地,在山水草木间寻求生活的意趣,逃避现实的生活。有《石屏诗集》《石屏词》。

【词语解释】

①枫桥:旧作"封桥"。在苏州市阊门外三公里枫桥镇。始建于唐。桥旁为铁铃关。邻近有寒山寺。因唐代诗人张继《枫桥夜泊》诗而著名。
②松江:即今吴淞江。
③鲈鱼美:南朝·宋·刘义庆《世说新语·识鉴》载:晋张翰在洛,见秋风起而思故乡莼鲈,因辞官归。后因以"莼鲈"为思乡之典。

④五百步：为垂虹桥长度的约数。清乾隆《吴江县志》上载，垂虹桥长一千三百尺有奇。

⑤岳阳楼：位于湖南省岳阳市古城西门城墙之上，下瞰洞庭，前望君山，自古有"洞庭天下水，岳阳天下楼"之美誉，与湖北武汉黄鹤楼、江西南昌滕王阁并称为"江南三大名楼"。北宋范仲淹脍炙人口的《岳阳楼记》更使岳阳楼著称于世。

⑥范蠡句：据《吴越春秋·勾践阴谋外传》载，西施，春秋越美女，或称先施，别名夷光，亦称西子，姓施，春秋末年越国苎萝（今浙江诸暨南）人。越王勾践败于会稽，大夫范蠡取西施献吴王夫差，使其迷惑忘政。越遂亡吴。后西施归范蠡，同泛五湖。

【写作背景】

1229年春起，戴复古从六十多岁到七十岁游历各地，《戴复古年谱》记载："戴复古在嘉熙元年南归经扬州、镇江、平江。""或嘉熙元年返乡过平江府时与吴潜游。"嘉熙元年即1237年，平江即苏州。吴潜是南宋诗人，时任平江府知府，戴复古诗词中录有他的《诸诗人会于吴门翁际可通判席上高菊磵（jiàn）有诗》，此诗当作于此时。诗中提到松江："客星聚吴会，时派落松江。"当就在这段时期，他"夜听枫桥钟，晓汲松江水。"夜间行舟，从枫桥到了吴江，松江舟中写了一组诗，其中一首为游垂虹桥。

【阅读链接】

松江舟中四首荷叶浦时有不测末句故及之（其三、四）

[南宋] 戴复古

秋风吹客衣，归兴浩难写。
寒林噪晚鸦，红日堕平野。
篙师解人意，舣棹酒旗下。

扁舟乃官差，舟子吾语汝。
汝为我作劳，吾亦不汝负。
好向上塘行，莫过荷叶浦。

（录自清乾隆《吴江县志》）

过垂虹

[南宋] 何应龙

垂虹桥下水连天,一带青山落照边。
三十六陂①烟浦冷,鹭鸶②飞上钓渔船。

【作品出处】

录自清代王鲲辑《松陵见闻录》。

【作者简介】

何应龙,南宋诗人,字子翔,号橘潭,钱塘(今浙江杭州)人。嘉泰进士,曾知汉州,与陈允平有交(《西麓诗稿·别何橘潭》)。著作已佚,仅《南宋六十家小集》中存《橘潭诗稿》一卷。一生官运颇顺,其诗文以诗见长。

【词语解释】

①三十六陂(bēi):地名,在今江苏省扬州市。诗文中常用来指湖泊多;青山:指太湖中诸峰。

②鹭鸶(sī):也叫白鹭。鸟类。腿长,颈长,全身羽毛雪白。春夏多活动在湖沼岸边或水田中,好群居,主食鱼、蛙等。鹭鸶是文学作品和中国画的主题之一。

【写作背景】

何应龙为杭州人,诗中写到了扬州的三十六陂,杭州至扬州经运河当经过吴江,因此经过垂虹桥,留下此诗。

【阅读链接】

何应龙诗作二首

见 梅

云绕前冈水绕村,忽惊空谷有佳人。
天寒日暮吹香去,尽是冰霜不是春。

客 怀

客怀处处不宜秋,秋到梧桐动客愁。
想得故人无字到,雁声远过夕阳楼。

泛舟松江

[南宋] 葛长庚

白酒黄柑洌以妍，鲈鱼买得一双鲜。
舟行无浪无风夜，人在非晴非雨天。
醉熟不知天远近，梦回但见月婵娟①。
垂虹亭下星如织，云满长洲②草满川。

【作品出处】

录自清乾隆《吴江县志》。

【作者简介】

葛长庚，即白玉蟾（1194—?），南宋道士，字如晦，又字白叟，号海琼子。琼州（今海南琼山）人，一说福建闽清人。十二岁时举童子科，作《织机》诗，谙九经，能诗赋，且长于书画。因任侠杀人，亡命武夷，乔装道士，浪迹华南各地。嘉定（1208—1224）中诏征赴阙，对御称旨，命馆太乙宫。封紫清真人。世称紫清先生。他吸取佛教禅宗及宋代理学思想入道，是道教南宗教旨的实际创立者。著有《玉隆集》《上清集》《武夷集》等，其弟子彭耜又辑《海琼问道集》等。

【词语解释】

①婵娟：此处形容月色明媚。
②长洲：水中长形陆地。《楚辞·九章·思美人》："擥大薄之芳茝兮，搴长洲之宿莽。"

【写作背景】

葛长庚即道人白玉蟾，他游苏州，其《诏建三清殿记》云："嘉定辛巳病（bǐng，农历三月的别称）月既望，臣小舣长桥，将如虎丘，过自祖庭目其平江府天庆观正殿。"从这篇记文可以知道，嘉定辛巳年，即1221年，白玉蟾在吴江长桥乘舟前往苏州虎丘，途经三清殿。当时，还写过一首《贺新郎》词，词中有"已办扁舟松江去，与鲈鱼、莼菜论交旧。因念此，重回首。"他还写过一首《水调歌头·丙子中元后风雨有感》

词。从年份上看,"丙子"即 1216 年。词中有"吴江波上,烟寒水冷蔫丹枫"之句,"吴江波上"一说"吴江波浅",说明在五年前,他也来过吴江。本诗当在他两次来吴江的其中一次所写。

【阅读链接】

贺新郎

宋·葛长庚

且尽杯中酒。问平生、湖海心期,更如君否。渭树江云多少恨,离合古今非偶。更风雨、十常八九。长铗歌弹明月堕,对萧萧、客鬓闲携手。还怕折,渡头柳。　　小楼夜久微凉透。倚危阑、一池倒影,半空星斗。此会明年知何处,苹末秋风未久。漫输与、鹭朋鸥友。已办扁舟松江去,与鲈鱼、莼菜论交旧。因念此,重回首。

(录自《全宋词》)

垂虹桥

[南宋] 叶　茵

何年现采虹①,悬足控西东。
两地烟波隔,一天风月同。
橹声摇雁柱②,檐影覆龙宫。
雠虏③曾长钓,谁收饵④虏功。

【作品出处】

录自陈去病辑《吴江诗录》。

【作者简介】

叶茵(1200—?),南宋诗人,字景文,吴江同里人。家富藏书,有水竹别墅。尝于宝祐五年(1257)刻陆龟蒙撰《甫里集》及自编《附录》。嘉善名士曹六圃曰:景文萧闲自放,不慕荣利,所居草堂三楹,榜曰:"顺适",取少陵诗"洗然顺所适"之句。诗云"顺时不作荣枯想,适意元无胜负心。"又云"儿童问我新官职,顺适堂中老住持。"著有《顺适堂吟稿》甲乙丙丁四集各一卷等。编有《甫里集》二十卷等。

【词语解释】

①采虹:同彩虹。
②雁柱:桥柱。宋·孟元老《东京梦华录·三月一日开金明池琼林苑》:"又西去数百步,乃仙桥,南北约数百步,桥面三虹,朱漆阑楯,下排雁柱,中央隆起,谓之'骆驼虹',若飞虹之状。"
③雠虏(chóulǔ):敌寇,诗中指金人。
④饵(ěr):钩。

【写作背景】

叶茵,南宋宝祐年时隐居吴江同里镇,嘉庆《同里志》有记,录有他的诗。同里镇与松陵镇都属吴江县,相距六至七公里,垂虹桥为吴中名胜,他当多次游览,诗兴大发。除《垂虹桥》外,他还写有《小垂虹桥》《垂虹亭》《松江》和《吴江三高祠》等诗。

【阅读链接】

小垂虹桥①

[南宋] 叶 茵

冯夷②掣开潜蛟锁,御云飞过松江左。
悬腰展鬣眠东湖,生绡描作垂虹图。
隐君③骑背占空阔,百尺阑干景轩豁。
有亭翼然芙蕖④开,风朝月夕尤佳哉。
柳边何曾官船来,回视驿桥多尘埃。

(录自清乾隆《吴江县志》)

注释:

①小垂虹桥:清乾隆《吴江县志》编纂者在刊此诗前有一按语:"小垂虹桥,按祝穆《方舆胜览》,吴江有小垂虹桥,在石塘垒石为之,即此也。诗中云'松江左'、'回视驿桥',则其在石塘明矣。"石塘,即今吴江城区南郊运河西岸之运河古纤道。

②冯夷:传说中的黄河之神,即河伯。泛指水神。

③隐君:隐居的人。

④芙蕖:荷花的别称。

泊船吴江

[南宋] 宋伯仁

垂虹一抹跨晴江,好解帆绳系矮桩。
水浸碧天天浸月,只消推起小篷窗。

【作品出处】

录自清王鲲辑《松陵见闻录》。

【作者简介】

宋伯仁(生卒年不详),南宋诗人、书画家,字器之,号雪岩,广平(今河北广平)人。嘉熙(1237—1240)年间尝画梅花,作梅花喜神谱,后景定二年(1261)系以诗。自称每至花放时,徘徊竹篱茅屋间,满腹清霜,两肩寒月,谛玩梅之低昂俯仰,分合卷舒,自甲坼(谓草木发芽时种子外皮裂开)以至就实,图形百种,各肖其形。工诗,著《雪岩吟草》。另有《读书敏求记》《畊砚田斋笔记》《梅花喜神谱序》等。

【写作背景】

宋伯仁为湖州人,后迁居杭州。嘉熙戊戌(1238)年,宋伯仁四十岁,有诗作《四十》,在宋伯仁《西塍集》《四十》这首诗之后,是《苏州有感》这首诗:"秋意满姑苏,扁舟忆五湖。铃声边报急,帆影客心孤。野港青如染,遥山澹欲无。英雄应念我,时事满银须。"也就在这期间,宋伯仁到了苏州。从杭州到苏州,经过吴江。他的诗集中,除《泊船吴江》,还留有《烂溪》《吴江四桥》等诗。他的"几家篱落傍溪居,只看青山尽自如。隔岸有桥多卖酒,小篮无处不提鱼。"生动地记录了桃源铜罗古镇的人居景观,他还在《梅花喜神谱·就实六枝》写出了吴江情怀:"品字列轻舠(dāo),占尽吴江雪。丁宁红蓼花,莫与利名说。"烂溪,又称烂溪塘,南起浙江乌镇的市河,向北进入吴江境内,经桃源、盛泽、平望,流入莺脰湖。他过烂溪,经铜罗,到了吴江垂虹桥。

【阅读链接】

烂 溪①

［南宋］宋伯仁

几家篱落傍溪居，只看青山尽自如。
隔岸有桥多卖酒，小篮无处不提鱼。
何时茆②屋人同住，旋买瓜田雨自锄。
寄语牧童休笑我，都缘错读半生书。

（录自清乾隆《吴江县志》）

注释：

①烂溪：起自吴江平望竺光桥，经盛泽、坛丘、铜罗、桃源等地至浙江乌镇，通杭州。

②茆（máo）：同茅。

隔浦莲近①·泊长桥②过重午

[南宋] 吴文英

　　榴花依旧照眼。愁褪红丝腕。梦绕烟江路，汀菰绿，薰风晚。年少惊送远。吴蚕③老、恨绪萦抽茧。　　旅情懒。扁舟系处，青帘沽酒须换。一番重午④，旋买香蒲浮盏。新月湖光荡素练。人散，红衣香在南岸。

【作品出处】

　　录自陈去病辑《笠泽词征》。

【作者简介】

　　吴文英（约1212—约1272），南宋词人。字君特，号梦窗，晚号觉翁，四明（今浙江鄞县）人。往来江浙间，曾为吴潜浙东安抚使幕僚，复为宗室赵与芮门客。尝出入贾似道之门。知音律，能自度曲。其词或表现上层的生活，或抒写感伤情绪。讲究字句工丽，音律和谐。其词作数量丰沃，风格雅致，多酬答、伤时与忆悼之作，号"词中李商隐"，而后世品评却甚有争论，晚清词人曾给予他较高的评价。有《梦窗词》，存词三百四十余首。

【词语解释】

　　①隔浦莲近：词牌名。《白居易集》有《隔浦莲曲》，词名本此。《乐府解题》入"大石调"。此调作者颇多，而以周邦彦"中山县圃姑射亭避暑"一阕最为人称道。双调，七十三字。前片八句，四仄韵；后片八句，六仄韵。

　　②长桥：即垂虹桥。

　　③吴蚕：吴地之蚕。吴地盛养蚕，故称良蚕为吴蚕。

　　④重午：旧时称端午。也作重五。

【写作背景】

　　绍定五年（1232），吴文英游幕于苏州转运使署，为江南东路提举常平仓司的门客，流连吴门有十二年，他一生在苏州、杭州、越州三地居留最久，泊舟吴江，在僧寺饯别好友尹焕（尹惟晓），作《惜黄花慢·送客吴皋》词以赠别，词有序："次吴江，小泊，夜饮僧窗惜别。邦人赵簿携小妓侑（yòu）尊。连歌数阕，皆清真词。酒尽已四鼓。赋此词饯尹梅津。"他曾数次泊吴江，苏杭道中又游览垂虹桥，写下了《隔浦莲近·泊长桥过重午》及《垂虹桥》《重泊垂虹》《饯魏绣使泊吴江，为友人赋》等作品。

【阅读链接】

吴文英遍游江南一带，每至必有词。词中充满了烟江孤蒲、扁舟青帘、鬓影衣香，以及淡淡的哀愁。下列他其他几首写吴江的词。

十二郎·垂虹桥

原题下有小字注：上有垂虹亭，属吴江。

素天际水，浪拍碎、冻云不凝。记晓叶题霜，秋灯吟雨，曾系长桥过艇。又是宾鸿重来后，猛赋得、归期才定。嗟绣鸭解言，香鲈堪钓，尚庐人境。　　幽兴。争如共载，越娥妆镜。念倦客依前，貂裘茸帽，重向淞江照影。酹酒苍茫，倚歌平远，亭上玉虹腰冷。迎醉面，暮雪飞花，几点黛愁山暝。

木兰花慢·其四·重泊垂虹

酹清杯问水，惯曾见、几逢迎。自越棹轻飞，秋莼归后，杞菊荒荆。孤鸣。舞鸥惯下，又渔歌、忽断晚烟生。雪浪闲销钓石，冷枫频落江汀。　　长亭。春恨何穷，目易尽、酒微醒。怅断魂西子，凌波去杳，环佩无声。阴晴。最无定处，被浮云、多翳镜华明。向晓东风霁色，绿杨楼外山青。

声声慢·其九·饯魏绣使泊吴江，为友人赋

旋移轻鹢，浅傍垂虹，还因送客迟留。泪雨横波，遥山眉上新愁。行人倚阑心事，问谁知、只有沙鸥。念聚散，几枫丹霜渚，莼绿春洲。　　渐近香菰炊黍，想红丝织字，未远青楼。寂寞渔乡，争如连醉温柔。西窗夜深剪烛，梦频生、不放云收。共怅望，认孤烟、起处是州。

登垂虹亭二首

［南宋］周　密

水国生涯一钓纶①，荻芽鲈鲙四时新。
安知白首沧洲②客，不是三高③行辈人。

岸草江花万古春，感今怀古最伤神。
不如一片垂虹月，却照凭栏几许人。

【作品出处】

录自陈去病辑《吴江诗录》、清乾隆《吴江县志》。

【作者简介】

周密（1232—约1298），南宋文学家。字公谨，号草窗、蘋洲，又号弁阳啸翁、萧斋等，祖籍济南（今山东济南），流寓吴兴（今浙江湖州）。宋末曾任义乌令等职，宋亡不仕，自号泗水潜夫。其词讲究格律，风格在姜夔和吴文英之间，与吴文英（梦窗）并称"二窗"。也曾写过一些慨叹宋室覆亡之作。并能诗文书画，谙熟宋代掌故。著有《草窗韵语》《蘋洲渔笛谱》《武林旧事》《齐东野语》《癸辛杂识》《云烟过眼录》《浩然斋雅谈》等。编有《绝妙好词》。

【词语解释】

①钓纶：钓竿上的线。
②沧洲：指滨水的地方。古时常用以称隐士的居处。三国·魏·阮籍《为郑冲劝晋王笺》："然后临沧洲而谢支伯，登箕山，以揖许由。"
③三高：指春秋范蠡、西晋张翰、唐代陆龟蒙。宋时，吴江以此三人为三高，设三高祠祀之。周密《齐东野语·鸱夷子见黜》："吴江三高亭，祠鸱夷子皮（范蠡）、张季鹰、陆鲁望，而议者以子皮为吴大仇，法不当祀。前辈有诗云：'可笑吴痴忘越恨，却夸范蠡作三高。'"宋·姜夔《石湖仙·寿石湖居士》词："松江烟浦，是千古三高，游衍佳处。"

【写作背景】

周密祖籍济南,流寓吴兴(今浙江湖州),宋德祐间为义乌县(今属浙江)令,宋覆灭,入元不仕,隐居弁山(弁山,biànshān,又名下山,在浙江湖州城西北九公里,雄峙于太湖南岸)。后家业毁于大火,移居杭州癸辛街。湖州、义乌、杭州都离吴江不远。他在《癸辛杂识》中记载了一则吴江垂虹桥的故事:"完颜亮窥江之时,步师李捧建谋砍断吴江长桥以扼奔突。时洪景伯知平江,以为无益,奏止之。"周密生于宋元易代之际,故以上两首诗,第一首为言自负之意,第二首即感慨今已非昔,抒发亡国之恨和故国之思的苍凉凄咽。

【阅读链接】

三高祠记改本(节录)

[南宋]周 密

三高祠,天下绝景也。石湖老仙①一记,亦天下奇笔也。余尝见当时手稿,揩摩抉剔,如洗玉浣锦,前辈作文不惮于改如此。因详书于此,与同志评之。记云:……不见初草稿,何以知后作之工,观前辈著述而探其用意改定,思迥半矣。攻媿有《读三高祠记诗》:"三高之风天与高,三高之灵或可招。小山以后无此作,具区笠泽空寥寥。几从垂虹荡双桨,寓目沧浪独惆怅。笔端不倒三峡流,欲遽(jù)招之恐长往。前身陶朱②今董狐③,襟抱磊落吞江湖。瑰辞三章妙天下,大书深刻江之隅。我来诵诗凛生气,若有人兮在江水。扁舟独钓脍鲈鱼,茶灶笔床归甫里。先生固是丘壑人,只今方迫功与名。谢公掩鼻恐未免④,便看林薮生风云。他年事业满彝鼎,乞身归来坐佳境。不嫌俗士三斗尘,容我渔蓑理烟艇。"时范公方为吏部郎也。

(出《齐东野语》卷十六)

注释:

① 石湖老仙:即范成大。

② 陶朱:指范蠡。

③ 董狐:春秋晋国太史,亦称史狐。

④ 谢公掩鼻恐未免:谢公指谢安(320—385),东晋著名政治家,谢安初时屡屡不愿出山,但当时的士大夫却都对他寄予很大的期望,以至时常有人说:"谢安石不肯出,将如苍生何?"他的妻子刘氏眼看谢安家族中的谢尚、谢奕、谢万等人一个个都位高权重,只有谢安隐退不出,曾对谢安说:"夫君难道不应当像他们一样吗?"谢安掩鼻答道:"只怕难免吧。"果然,升平三年(359)发生的谢万被废黜(chù)事件,终于迫使谢安步入仕途。

吴江垂虹桥雨后观虹

[南宋]郑思肖

睡龙瞪目开,射光冯夷宫①。
翻身弄变化,噀②水湿洪濛。
浪花卷寒雪,斜喷清冷风。
雨歇龙归来,波心卧晴虹。
净洗秋色出,霁景涵青空。
烁烁锦炫昼,新绿妒娇红。
湿香吹不飞,恋抱花心中。
醉面仰天笑,月照三吴③东。

【作品出处】

录自清乾隆《吴江县志》。

【作者简介】

郑思肖(1241—1318),南宋诗人,画家。字忆翁,号所南,福州连江(今属福建)人。曾以太学生应博学鸿词试。宋亡,隐居苏州,坐卧不北向,其诗表现出怀念宋室的感情。有《一百二十图诗集》《郑所南先生文集》等。又有《心史》疑为后人伪托。存世画迹有《国香图卷》《竹卷》等。

【词语解释】

①冯夷(yí)宫:冯夷,传说中的黄河之神,即河伯,泛指水神;冯夷宫指水晶宫。
②噀(xùn):含在口中而喷出。
③三吴:见前张元干《登垂虹亭二首》注。

【写作背景】

南宋淳祐元年(1241),郑思肖诞生于杭州西子湖畔。宋理宗宝祐二年(1254),十四岁的郑思肖随父举家移居苏州。此年,郑思肖考中秀才,遵父命开始了游学四方的人生旅程。当在此后到了吴江，写下了《吴江垂虹桥雨后观虹》。

【阅读链接】

南宋灭亡后的郑思肖

　　南宋灭亡后，郑思肖扁其室曰本穴世界，以"本"字之"十"置"穴"中，即大宋。坐卧必南向，自号所南，以示不忘宋室。又号三外野人。善作墨兰，多花叶萧疏，不画土，寓意赵宋土地已被掠夺，不画根，寓意南宋失去国土根基。兼工墨竹，多写苍烟半抹、斜月数竿之景。诗也表现出怀念宋室的感情。

贺新郎①·吴江

[南宋] 蒋 捷

浪涌孤亭起。是当年、蓬莱顶上,海风飘坠。帝遣江神②长守护,八柱蛟龙缠尾。斗吐出、寒烟寒雨。昨夜鲸翻坤轴动,卷雕翚③、掷向虚空里。但留得,绛虹④住。　　五湖有客扁舟舣⑤。怕群仙、重游到此,翠旌难驻。手拍阑干⑥呼白鹭,为我殷勤寄语。奈鹭也、惊飞沙渚。星月一天云万壑,览茫茫、宇宙知何处。鼓双楫,浩歌去。

【作品出处】

录自陈去病辑《笠泽词征》。

【作者简介】

蒋捷(约1245—1305),南宋词人。字胜欲,号竹山,宋末元初阳羡(今江苏宜兴)人。先世为宜兴巨族,咸淳十年(1274)进士。南宋亡后,深怀亡国之痛,隐居不仕,人称"竹山先生""樱桃进士",其气节为时人所重。长于词,与周密、王沂孙、张炎并称"宋末四大家"。其词颇多追昔伤今之作,抒发故国之思、山河之恸,风格多样,而以悲凉清俊、萧寥疏爽为主。尤以造语奇巧之作,在宋季词坛上独标一格,有《竹山词》。

【词语解释】

①贺新郎:词牌名,又名"金缕曲""乳燕飞""貂裘换酒""风敲竹""贺新凉"等。传作以《东坡乐府》所收为最早,惟句豆平仄,与诸家颇多不合,因以《稼轩长短句》为准。该词牌一百十六字,上片五十七字,下片五十九字,各十句六仄韵。此调声情沉郁苍凉,宜抒发激越情感,历来为词家所习用。

②江神:这里指吴江之神。

③翚(huī):指有五彩羽毛的雉。

④绛(jiàng)虹,大红色的虹。

⑤舣(yǐ):使船靠岸。

⑥阑(lán)干：栏杆。

【写作背景】

南宋覆灭，蒋捷深怀亡国之痛，隐居姑苏一带太湖之滨，漂泊不仕，其气节为时人所重。他乘船经过吴江时，见春光明艳的风景借以反衬自己羁旅不定的生活曾作了《一剪梅·舟过吴江》，最后一句"流光容易把人抛，红了樱桃，绿了芭蕉。"抒发了年华易逝，人生易老的感叹，成为存世名句。《贺新郎·吴江》为蒋捷于宋亡之后漂泊东南时期的作品，在元军的铁蹄践踏到临安城下的时候，他从太湖里驾着小舟停靠在垂虹桥边，目睹亭子残破，积于心中多时的愤懑(mèn)，便喷发出来，借吴江垂虹亭抒发作者在宋亡之后无处容身的亡国之痛。

【阅读链接】

一剪梅·舟过吴江

［南宋］蒋 捷

一片春愁待酒浇。江上舟摇，楼上帘招。秋娘渡与泰娘桥。风又飘飘，雨又萧萧。　　何日归家洗客袍？银字笙调，心字香烧。流光容易把人抛。红了樱桃，绿了芭蕉。

声声慢① · 重过垂虹

[南宋] 张　炎

　　□声短棹，柳色长条，无花但觉风香。万境天开，逸兴纵我清狂。白鸥更闲似我，趁平芜②、飞过斜阳。重叹息，却如何不□，梦里黄粱③。　　一自三高非旧，把诗囊酒具，千古凄凉。近日烟波，乐事尽逐渔忙。山横洞庭夜月，似潇湘、不似潇湘。归未得，数清游、多在水乡。

【作品出处】

录自陈去病《笠泽词征》。

【作者简介】

　　张炎（1248—1314），南宋词人、词论家。字叔夏，号玉田，晚年号乐笑翁。临安（今浙江杭州）人。张俊六世孙。宋亡，北游元都，失意南归。其词用字工巧，追求典雅，早年多反映优游生活，宋亡后则多追怀往昔、抒写哀怨之作。尤长于咏物词，所作《南浦·春水》《解连环·孤雁》二阙盛行一时，世称"张春水""张孤雁"。又曾从事词学研究，对词的音律、技巧、风格，皆有论述。有《山中白云词》及论词专著《词源》。

【词语解释】

　　①声声慢：词牌名，又名"胜胜慢""人在楼上""寒松叹""风求凰"等。此调最早见于北宋晁补之词，古人多用入声，有平韵、仄韵两体。平韵者以平韵者以晁补之、吴文英、王沂孙词为正体，格律有双调九十九字，前段九句四平韵，后段八句四平韵等。仄韵者以高观国《声声慢·壶天不夜》为正体，双调九十七字，前段十句四仄韵，后段八句四仄韵。此调风格缓慢哽咽，如泣如诉，多写愁苦忧思题材。

　　②平芜（wú）：草木丛生的平旷原野。

　　③黄粱，指黄粱梦。出自沈济传奇小说《枕中记》，写吕岩进京赶考，客店烧黄粱饭之时，他梦中经历荣枯变幻，终于醒悟而成仙。

【写作背景】

张炎在元武宗至元1290年冬年四十三岁时,为应元政府写经之召而被迫北行,行之大都(今北京),当时,他曾到过吴江,唐人崔信明的断句"枫落吴江冷"印在了他的脑海中,在《绮罗香·红叶》中,写下了"枫冷吴江,独客又吟愁句"。枫叶经秋变红,故用这一典故,接以"独客"表面指崔,实际是自指。他第二年南归,在1291—1315年间漫游吴、越之间,他又来到了垂虹桥畔,感伤亡国之情顿上心头。此诗当作于此时。

【阅读链接】

宋词的最后一位重要作者

张炎,是宋词的最后一位重要作者,一般选宋词的书,选到最后,就得选张炎,讲到最后,也得讲张炎。可以说,在宋词这支柔丽的长曲中,张炎的词,是最后的一个音节,是最后的一声歌唱。由于他的词寄托了乡国衰亡之痛,备极苍凉,所以也可以说,他的声音,也就是南宋末期的时代之声。

张炎为词主张"清空""骚雅",倾慕周邦彦、姜夔而贬抑吴文英。他的词多写个人哀怨并长于咏物,常以清空之笔,写沦落之悲,带有鲜明的时代印记。因他精通音律,审音拈韵,细致入微,遣词造句,流丽清畅,时有精警之处。但由于他过分追求局部的诗情画意,在整体构思上不免失之空疏,故境界开阔而又立意甚高者并不多见。

他还是一位著名的词论家,他写的《词源》,在词的形式研究上,给后人留下了不少启迪。在论述乐律部分,书中保存了有关乐词的丰富资料,是一部有权威性的理论专著。他的创作主张,强调艺术感受、艺术想象与艺术形式,有许多经验之谈,至今尚可参考。

元代篇

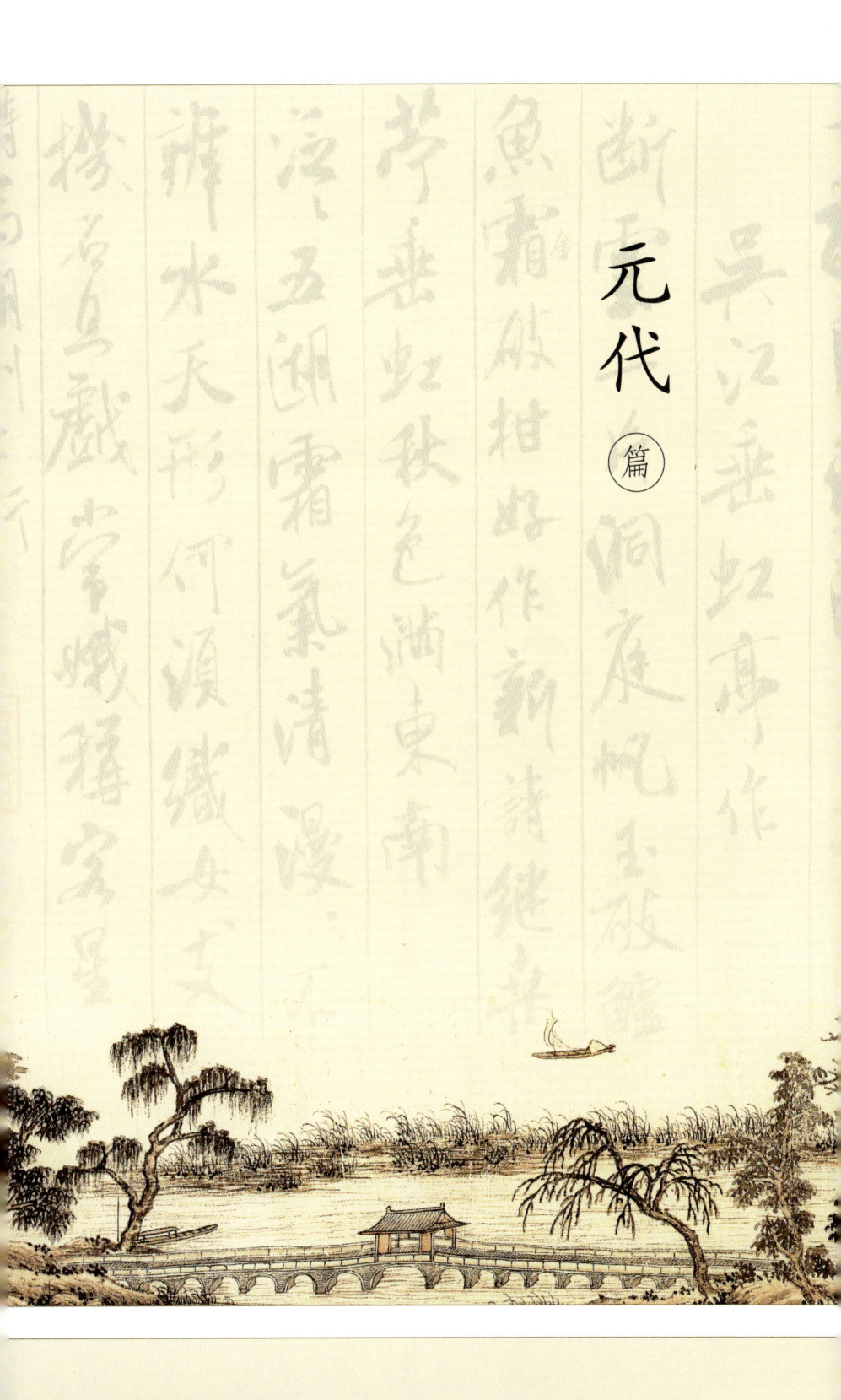

種筆時松工分秋暑
凌此真蹟秋溪山入
跡像便托髣髴生研
墨郭篆書卷江
波
右米南宮三祖子中所
余為跋一遍時兩作時
在松雪齋後又寶藏
墨 子昂

垂虹秋色图　元・赵孟頫绘

垂虹亭
断云一片洞庭玉
破鳊鱼金破柑好作
新诗寄莫孚垂虹
秋色满江南
泠泠五湖霜辜清溇
不羡妤天联甲须织
女支机石且云螃蠏
稻客星
扬帆载月盍相过佳

无 题

[元]汤仲友

飞下晴虹^①跨急流,白头登览不禁秋。
如何范子^②扁舟小,能载吴王一国愁。
鸿雁声哀江月冷,蛟龙睡稳海风收。
夜深云度阑干^③角,知有飞仙向此游。

【作品出处】

辑自清徐崧、张大纯纂辑《百城烟水》。

【作者简介】

汤仲友(生卒年不详),字端夫,号西楼。吴县(今江苏苏州)人。学诗于周弼,淹贯经史,气韵高逸。宋末浪迹湖海,晚复归吴。有《壮游诗集》等。

【词语解释】

①晴虹:指垂虹桥。
②范子:范蠡(公元前536—公元前448),字少伯,华夏族,楚国宛地三户(今河南淅川县滔河乡)人。春秋末期政治家、军事家、经济学家和道家学者。曾辅佐越王勾践灭吴复国,后隐去。此诗颔联意在怀古,隐括了春秋时期吴越争霸这段历史,巧妙地用比喻手法,高度赞扬了范蠡杰出的政治、军事才能。范蠡隐退后出没在五湖间(即今太湖流域),而垂虹桥所在的吴江正处在五湖之间,很容易引起诗人的联想。
③阑干:即栏杆,桥上的栏杆。

【写作背景】

汤仲友,一作汤仲元,是苏州人。留的诗不多,都是写苏杭一带的,其中有《枫桥》《西湖》等,他当在游苏杭之时经垂虹桥留诗。

【阅读链接】

范蠡泛五湖

　　范蠡在辅佐越王勾践灭吴之后,认为越王是一个"可与共患难而不可共处乐"的人,因此改姓易名,乘舟载西施泛五湖而去。《史记·货殖列传》:"范蠡既雪会稽之耻,乃喟然而叹曰:'计然之策七,越用其五而得意。既已施于国,吾欲用之家'。乃乘扁舟,浮于江湖,变名易姓,适齐为鸱夷子皮,之陶为朱公。"《吴越春秋》卷十载,越灭吴,范蠡"乃乘舟出三江,入五湖,人莫知其所适。"而范蠡泛舟五湖也成为历代诗人常用的一个典故。如唐代温庭筠《和友人题壁》:"三台位缺严陵卧,百战功高范蠡归"。宋代大词人辛弃疾《洞仙歌·开南溪初成赋》:"十里涨春波,一棹归来,只做个五湖范蠡。是则是,一般弄扁舟,争知道他家,有个西子。"清吴伟业《戏题士女图一舸》:"西施亦有弓藏惧,不独鸱夷变姓名"。

过长桥书所见

[元]曹伯启

柳如青帜^①导姑苏^②,桥若垂虹饮太湖。
渺渺天光接波浪,凄凄秋色上菰蒲^③。
行囊只剩新诗稿,身世端如^④古画图。
独倚危阑追往事,雁衔霜信下平芜^⑤。

【作品出处】

辑自清王鲲辑《松陵见闻录》。

【作者简介】

曹伯启(1255—1333),字士开,砀山(今属安徽)人。累官集贤学士、侍御史。泰定初致仕。天历中起为陕西诸道行台御史中丞,不应。奉身清约,笃于学问。有《文贞诗集》《汉泉漫稿》。

【词语解释】

①青帜:青色的旗子。
②姑苏:苏州的别称。
③菰蒲:多年生草本植物,生长在池沼里,其嫩茎作蔬菜吃,即茭白。
④端如:果然像。
⑤平芜:平坦的草地。

【写作背景】

至元二十五年(1288),曹伯启从江阴路总管府经历位置上改任兰溪县主簿,兰溪位于金华西北面,他在任兰溪主簿时,曾到无锡,当此时经过吴江垂虹桥而留诗。《曹文贞公诗集》卷七录了《过长桥书所见》诗,前有《金华道中》,后有《雨宿无锡驿有怀潘景梁》。

【阅读链接】

姑苏的来历

  在夏代有一位很有名望的谋臣叫胥。胥因帮助大禹治水有功，深受舜王敬重，封他为大臣，并把江东册封给胥。从此，江东便有了"姑胥"之称。"姑"是当时土著吴越人的古越语的拟声词，无义。今苏州仍有胥江、胥门、姑胥桥等地名。

  周朝以仁政治理天下，"胥"义为狱卒，不祥。《诗经》"山有扶苏"的"蘇"由草、鱼、禾组成，象征鱼米之乡，且与"胥"发音相近。吴王故将"姑胥城"改名为"姑苏城"。姑苏城西边的灵岩山就成了姑苏山。后来阖闾城筑毕，姑苏城逐渐被荒弃。

  隋朝废"郡"设"州"，当时苏州所在的"吴郡"就改为"苏州"了。但是"姑苏"的名字在吴地留下不可磨灭的印象，"姑苏"也就成了苏州的别称。

舟次①吴江

［元］善　住

客路渺无际，崎岖②何日平。
积烟迷远树，残照③下荒城。
水宿先归港，朝行暗计程。
长桥知渐近，笳鼓④隔林鸣。

【作品出处】

辑自明莫旦纂《吴江志》。

【作者简介】

善住，僧人，字无住，别号云屋。住苏州报恩寺，往来吴淞江上。工诗，与宋无、虞集诸人相酬唱，在元代诗僧中首屈一指。有《谷响集》等。

【词语解释】

①次：止。停留。"舟次吴江"即船停在吴江。
②崎岖：形容山川不平，也形容处境艰难。
③残照：落日的光辉。
④笳鼓：笳，胡笳，汉代流行于塞北和西域的一种类似笛子的管乐器。笳鼓，笳声与鼓声。借指军乐。

【写作背景】

善住在1295年至1325年间寓居苏州报恩寺，往返吴淞江上，到吴江，留下了诗作。善住泊舟吴江，来到了垂虹桥，还瞻仰了三高祠，会三高祠主奉，在弘治《吴江志》和嘉靖《吴江县志》录有善住《三高祠》《送三高祠主奉》诗，《送三高祠主奉》中有"钓艇烟波阔，江桥栋宇新"。此外，吴江盛泽又名合路，善住曾作诗"此路何年有，扁舟几度过。"吴江有车溪，受烂溪水出莺湖，善住曾作《车溪道中》诗。大概是与多病及时世动荡有关，诗中都流露出悲世之叹。

【阅读链接】

笳 鼓

《南史·曹景宗传》:"时韵已尽,唯余'竞''病'二字。景宗便操笔,斯须而成,其辞曰:'去时儿女悲,归来笳鼓竞。借问行路人,何如霍去病?'帝叹不已。"唐韩愈《大行皇太后挽歌词》之一:"秋天笳鼓歇,松柏遍山鸣。"宋苏轼《西山戏题武昌王居士》诗:"篙竿击舸孤菰茭隔,笳鼓过军鸣狗惊。"明沉采《千金记·囊沙》:"笳鼓震天鸣,旌旗耀日明。"

[中吕·普天乐] 松陵八景·垂虹夜月

[元] 徐再思

玉华①寒,冰壶②冻。云间玉兔③,水面苍龙④。酒一樽,琴三弄。唤起凌波仙人梦,倚阑干满面天风。楼台远近,乾坤⑤表里,江汉⑥西东。

【作品出处】

辑自明莫旦纂《吴江志》。

【作者简介】

徐再思(约1280—1330),字德可,生性好食甘饴,故号甜斋。嘉兴(今属浙江)人。与张可久同时,曾为嘉兴路吏。工散曲,作品多写悠闲生活与闺情春思。与贯云石(号酸斋)齐名,后人合辑其作品为《酸甜乐府》。

【词语解释】

①玉华:月亮的光芒。
②冰壶:比喻月亮。
③玉兔:喻指月亮。古代神话传说中称月中有玉兔。
④苍龙:比喻垂虹桥。
⑤乾坤:《易经》的乾卦和坤卦。这里借指天地。
⑥江汉:特指长江。

【写作背景】

徐再思是浙江嘉兴人,他在外飘泊达十年之久,活动足迹似乎没有离开过江浙一带。吴江志书中记录了他的《松陵八景》,《垂虹夜月》为其中之一。他因好食甘饴,故号甜斋,弘治《吴江志》中此诗署名甜斋。

【阅读链接】

月中玉兔

月中有玉兔的传说最早见于《楚辞·天问》:"夜光何德,死则又育?厥利维何,而顾菟在腹?"洪兴祖补注:"菟与兔同"。晋傅咸《拟天问》:"月中何有?玉兔捣药。"后亦以玉兔指代月亮。唐韩琮《春愁》诗:"金乌长飞玉兔走,青鬓长青古无有。"再如唐李贺《李凭箜篌引》:"吴质不眠倚桂树,露脚斜飞湿寒兔"。吴质,即吴刚。

垂虹桥

[元]萨都剌

插天蝃蝀①势嵯峨②,截断吴淞一幅罗③。
江北江南连地脉④,人来人往渡天河。
龙腰撑出渔舟去,鳌背⑤高驰驷马⑥过。
桥上青山桥下水,世人曾见几风波。

【作品出处】

辑自明莫旦纂《吴江志》。

【作者简介】

萨都剌(1272—约1355),字天锡,号直斋,先世为西域回回族(答失蛮氏)人。因祖父留镇云、代,遂居雁门(今山西代县),故为雁门人。元泰定四年(1327)进士,官至燕南河北道肃政廉访司经历。晚年寓武林,常游历山水,后入方国珍幕府,卒。其诗多写自然景物,风格雄浑清雅。亦工词,《念奴娇·登石头城》《满江红·金陵怀古》等皆有名。有《雁门集》。

【词语解释】

①蝃蝀(dìdōng):虹。
②嵯峨(cuóé):山势高峻。这里形容垂虹桥的气势宏伟。
③罗:质地稀疏的丝织品。这里用来比喻吴淞江。唐韩愈诗:"江作青罗带,山如碧玉簪。"
④地脉:地的脉络(讲风水的人用的术语)。《史记·蒙恬列传》:"起临洮,属之辽东,城堑万余里,此其中不能无绝地脉哉。"
⑤龙腰、鳌(áo)背:形容垂虹桥的雄伟气势。鳌:传说中的大海龟或大鳖。
⑥驷(sì)马:同驾一辆车的四匹马。

【写作背景】

至正七年(1347),萨都剌由镇江往苏州,秋至常州,复回苏州。就在这年中秋时节,他到了吴江垂虹桥,还写有《中秋前二夜步至吴江垂虹桥盥漱湖渚而归倚篷望月清兴翛(xiāo)然因成数语》:"万顷太湖风浪静,玻璨(lí)倒浸虹蜺影。瀼瀼(ráng)露滴金波流,一筇(qióng)独立秋云冷。"他不止一次到过吴江,元统四年(1336),经苏州,至嘉兴,经过吴江,写《卜算子·泊吴江夜见孤雁》:"明月丽长空,水净秋宵永。悄无鸟鹊向南飞,但见孤鸿影。自离边塞路,偏耐江波静。西风鸣宿梦魂单,霜落蒹葭冷。"

【阅读链接】

萨都剌的诗歌作品

萨都剌诗歌作品具有非常高的文学价值和美学价值。萨都剌一生给后人留下了将近八百多首诗词作品,有的是描写山水风光的,有的是刻画宫人们宫廷生活的,除此之外,还有一定数量的怀古伤今诗。无论从哪个方面来说,他的作品都丰富了元代乃至整个中国的文学史。

《送管元帅南征》《送刘照磨之桂林》《大同驿》《黄河月夜》《鸒(yù)女谣》等都是萨都剌诗歌代表作品。萨都剌诗歌作品不但揭露了元代社会的腐朽黑暗面,而且还揭示了元代社会的阶级矛盾。在《黄河月夜》《织女图》等诗歌中,萨都剌反映了下层劳动人民生活的艰辛,通过强烈的对比,用辛辣的语言直指最高统治者的腐败与无能。在诗歌技巧上,萨都剌不仅继承了唐朝、宋代的诗歌艺术手法,而且也提出了新的艺术手法。

萨都剌诗词作品通常以稀疏平常的生活片段为切入点,通过客观的情景再现,进而构建韵味悠远的诗歌意境。比如《秋词》《京城立春》等诗歌作品,都是萨都剌"诗画合一"的体现。除此之外,萨都剌善用言简意赅的语言,深入道出诗歌作品所蕴含的思想哲理。比如,"千古风光鬓边白,六朝山色马头青"就体现了萨都剌凝练简洁、言简意赅的语言特点。

[双调·水仙子]吴江垂虹桥

[元]乔 吉

飞来千丈玉蜈蚣,横驾三天白蟛蛛①。凿开万窍黄云洞②,看星低落镜中。月华明秋影玲珑。赑屃③金环重,狻猊④石柱雄,铁锁囚龙。

【作品出处】

辑自贺新辉主编《元曲鉴赏辞典》。

【作者简介】

乔吉(1280—1345),字梦符,号笙鹤翁,太原(今属山西)人,后居杭州。一生穷困潦倒,寄情诗酒。散曲风格清丽,与张可久并称为元散曲两大家。作品有今人辑本,名《梦符散曲》。

【词语解释】

①蟛蛛:见前注。玉蜈蚣、白蟛蛛,都是比喻垂虹桥。

②黄云洞:黄云缭绕之山洞。

③赑屃(bìxì):传说中的一种动物,像龟。旧时大石碑的石座多雕刻为赑屃形状。杨慎《龙生九子》:"一曰赑屃,形似龟,好负重,今石碑下龟趺是也。"

④狻猊(suānní):即狮子。

【写作背景】

乔吉一生浪迹江湖间四十年,在元祐元年(1314),即三十五至四十岁之间南下,曾流寓杭州。他到过苏州,有《折桂令·登姑苏台》,据文献记载,他驰骋想象,置身于千载之上的姑苏宫中,吊古感今,当在此时经过垂虹桥留诗。从乔吉在散曲中提到的歌妓,可推定吴江地区是其行迹所至之处。他作的《红指甲赠孙莲哥时客吴江》有"剖吴橙吃喜煞,锦鱼鳞冷渍(zì)硃砂。"当写的就是吴江县。

【阅读链接】

乔吉的散曲

乔吉的散曲以婉丽见长,精于音律,好引用或融化前人诗句,与张可久有相近风格。不同之处,乔吉的作品风格更为奇巧俊丽,不避俗言俚语,具雅俗兼备的特色。明代李开先评他:"蕴藉包含,风流调笑,种种出奇而不失之怪;多多益善而不失之繁;句句用俗而不失其为文。"他自己则说:"作乐府亦有法,曰'凤头,猪肚,豹尾'六字是也。大概起要美丽,中要浩荡,结要响亮;尤贵在首尾贯穿,意思清新。苟能若是,斯可以言乐府矣。"(陶宗仪《南村辍(chuò)耕录》卷八)这是他创作经验之谈,颇有见地。

过吴江州

[元] 张以宁

三高堂①下绿蘋风,十载维②舟两鬓蓬③。
范蠡无书留越绝④,张翰⑤有梦到吴中。
云开笠泽浮珠阙⑥,月出长桥动彩虹。
长忆故人心断绝,五羊⑦南去少飞鸿。

【作品出处】

辑自明莫旦纂《吴江志》。

【作者简介】

张以宁(1301—1370),字志道,古田(今属福建)人。泰定进士,官至翰林侍读学士。入明,复授侍讲学士。洪武二年秋,奉命出使安南(今越南)。次年,卒于归国途中。有俊才,尤工诗,高雅俊逸,擅名于时,人称翠屏先生。有《翠屏集》等。

【词语解释】

①三高堂:即三高祠,祠在垂虹桥畔,始建于宋代,祀范蠡、张翰、陆龟蒙。今已不存。

②维:系,连结。维舟,即系舟。

③蓬:松、乱。

④越绝:即《越绝书》,它成书于汉代,是记载我国早期吴越历史的重要典籍。书名曰"绝",今人考证,当为上古越语"记录"的译音。

⑤张翰:生卒年不详,字季鹰,吴郡(今江苏苏州市)人。西晋文学家。

⑥珠阙:即"珠宫贝阙",形容房屋华丽。

⑦五羊:广州的代名词。中国民间传说广州府五仙观,初有五仙人,皆持谷穗,一茎六出,乘五羊而至。即遗穗与广人,仙忽飞升而去,羊留,化为石,广人因即其地祠之。五羊传说表现了古代中国劳动人民开拓岭南的历史。

【写作背景】

至元六年（1340）春初，四十岁的张以宁由今天津市内狮子林桥西端旧三汊口一带的直沽沿大运河南下，至扬州，经常州、平江、嘉兴、杭州、建德、衢州、信州，而归闽中。当在这期间，经过吴江，游垂虹桥，写下了《过吴江州》诗。

【阅读链接】

地方志的鼻祖《越绝书》

《越绝书》是记载古代吴越地方史的杂史。全书十五卷，作者为袁康、吴平，汉代人。该书杂记春秋战国时期吴越两国的史实，上溯夏禹，下迄两汉，旁及诸侯列国，对这一历史时期吴越地区的政治、经济、军事、天文、地理、历法、语言等多有所涉及，被誉为"地方志鼻祖"。

《越绝书》保存有吴越地区东汉以前的许多史料，特别注重伍子胥、子贡、范蠡、文种、计然（计倪）等人的外交军事活动。其中详细记载吴越交战、越王勾践生聚教训，最后兴越灭吴、逐鹿中原的经过。内容涉及兵法、权谋、术数等。

垂虹亭

[元] 倪 瓒

墟^①阁春城外,澄湖暮雨边。
飞云忽入户,去鸟欲穷天。
林屋^②青西映,吴松碧左连。
登临感时物,快吸酒如川。

【作品出处】

辑自清王鲲辑《松陵见闻记》。

【作者简介】

倪瓒(1301—1374),字元镇,号云林子,无锡(今属江苏)人。其先西夏人,五世祖始徙家无锡。其先颇富,然瓒无意富家事。性格孤傲,绝意仕进。好赋诗作画,藏书数千卷,亲自勘定。至正初遣散家财,晚年漂流东吴诸地,吟诗作画不辍,曾寓居吴江华严寺和同里镇。明洪武七年(1374)始还乡里,是年病卒。他擅画山水,写疏林坡岸、浅水遥岑等平远风景,以"天真幽淡"为宗;画墨竹自谓"聊写胸中逸气"。其山水画与黄公望、吴镇、王蒙合称"元四家"。他善诗文,诗风古淡,不假雕琢,有唐人风。有《清閟阁集》传世。

【词语解释】

①墟:乡村。唐刘禹锡《插田歌·引》:"连州城下,俯接村墟。"宋范成大《清逸江》诗:"晨兴过墟市,喜有鱼虾卖。"墟阁,即乡村的阁楼。

②林屋:即林屋山,今世称洞庭西山,是太湖东南部的一个岛屿,位于江苏省苏州市西南端,是中国内湖第一大岛。太湖有七十二峰,其中四十一峰在西山,西山缥缈峰海拔三百三十六点六米,为太湖七十二峰之首。

【写作背景】

据《明史·隐逸传(倪瓒)》载:"至正初,海内无事,忽散其资,绝亲故,人咸怪之。未几兵兴,富家悉被祸,而瓒扁舟箬笠,往来震泽、三泖间,独不罹患。"

倪瓒看到天下将乱，通过散财以求避祸。但家庭的变故接踵而来。元至正十四年（1354），其妻蒋氏皈依佛门。此后，张士诚兵进姑苏，诗人妻离家散，欲归不能，四处飘零避乱，备尝艰辛，能不起"愁不能醒已白头"（倪瓒《烟雨中过石湖三绝》）之叹？《垂虹亭》一诗即为作者晚年流寓吴江所作，其第七句"登临感时物"透露出作者满怀愁绪而又无可奈何的心境。"何以解忧？唯有杜康。"诗人对此只能举杯痛饮以求解脱了。

【阅读链接】

谒三高祠望江上诸山为书赐别全希言

元·倪　瓒

白鸥飞处夕阳明，山色隔江青黛横。
试看三高祠下水，悠悠中有别离情。

（录自清康熙《吴江县志》）

垂虹桥

[元] 陈 基

出郭①雨如注,入舟天欲低。
飞梁②跨云渚③,嵽嵲④亘⑤长霓⑥。
三江风水急,五湖烟月迷。
夙昔鸱夷子,扁舟此入齐⑦。

【作品出处】

辑自陈去病辑《吴江诗录》。

【作者简介】

陈基(1314—1370),字敬初,临海(今属浙江)人,居吴门。仕于张士诚,累升学士院学士。明初,召入预修《元史》。工诗文。有《夷白斋稿》。

【词语解释】

①郭:原意为外城,在城外加筑的一道城墙。泛指城。李白《送友人》诗:"青山横北郭,白水绕东城。"
②梁:桥。飞梁,指垂虹桥。
③渚(zhǔ):水中小块陆地。
④嵽嵲(diénniè):山势高峻。
⑤亘(gèn):延续,连接。
⑥霓(ní):虹的外环,颜色较淡者称霓,亦称副虹;其内环,颜色鲜亮者称虹,亦称正虹。此处喻指远山。
⑦尾联二句:概括了我国春秋末期范蠡辅佐越王勾践灭吴后急流勇退、经三江、入五湖,后游齐国(今山东),改名鸱夷子皮,隐居在陶(今山东定陶西北),以经商致富,号陶朱公,这样一段史实。这也是诗人的向往啊!

【写作背景】

陈基，寓居吴中凤凰山河阳里（今属张家港市），此地与吴江同属苏州。他寓居时曾数次到吴江，游垂虹桥。康熙《吴江县志续编》中有记载："王祎，字子充，义乌人，元季睹时政衰敝，……隐青岩山。正统中改谥文祎。与陈基善，曾同游吴松，寓居颇久。"陈基还留下了《吴江》《次韵吴江道中》《次韵垂虹桥泊舟倡和》等诗。《次韵垂虹桥泊舟倡和》写道："何年伐石驾危桥，鲸浪翻江白雨飘。势控三吴虹倒影，气吞七泽水通潮。重渊有怪犀难照，蔓草无名火不烧。伯国黄金闻铸像，王门白玉想为标。功成海上身先退，脍熟江东兴可邀。岁月几何流水逝，山川如旧古人遥。鸿飞矰（zēng）缴何由篡，鹤去樊笼不可招。浩荡扁舟归鉴曲，寂寥方丈似中条。越人尚以鸡为卜，楚俗相传鹏类鸮（xiāo）。自把文章论倚伏，敢将交态较淳浇。五湖烟景随时异，万里风萍触处漂。却忆春晖楼上去，为君裁取玉为箫。"《次韵吴江道中》也写到了垂虹桥："两袖清风身欲飘，杖藜随月步长桥。"

【阅读链接】

陈基的诗

陈基的诗文"操纵驰骋，而有雍容揖让之度"。所作《次韵钱伯行白芙蓉》诗云："帝子西游太液池，一杯秋露为君持。空令越女羞容貌，不与唐昌共本枝。娅姹最怜无语处，风流全在半开时。自移长信宫中去，学得班娘淡画眉。"状白莲之情状，雍容神妙，绝俗脱尘，的确是上乘佳作。又《春日邵氏园池》云："寂寞园林带夕晖，昔年曾此恋芳菲。柳塘水暖鸳鸯浴，花径风酣蛱蝶飞。蔓草拂衣人不剪，画梁无主燕空归。洛阳池馆关兴废，我欲春山赋《采薇》。"此诗叙景抒情，通过对已经荒废的邵氏园池的描写，流露出作者对国事的关心，以小见大，堪称大手笔。

不过，其最有特色的作品要数《裁衣曲》，诗是这样的："殷勤织纨绮，寸寸成文理。裁作远人衣，缝缝不敢迟。裁衣不怕剪刀寒，寄远唯忧行路难。临裁更忆身长短，只恐边城衣带缓。银灯照壁忽垂花，万一衣成人到家。"对此，邓绍基先生主编的《元代文学史》评云："《裁衣曲》在白描中见细腻，并有层次地写出人物起伏变化的心情，是元代最好的乐府体作之一。"

题垂虹桥亭

[元]王 逢

长虹①垂绝岸,形势压东吴。
风雨三江合,梯航②百粤③趋④。
葑⑤田连沮洳⑥,鲛室⑦乱鱼凫⑧。
私怪鸱夷子,初心握霸图⑨。

【作品出处】

辑自清王鲲辑《松陵见闻记》。

【作者简介】

王逢(1319—1388),字原吉,自称席帽山人,江阴(今属江苏无锡)人。至正中累荐不赴,明洪武中以文学征,又坚卧不起。隐于上海乌泾,歌咏自适,亦曾寓居吴江同里洞真观。有《梧溪集》。

【词语解释】

①长虹:喻指垂虹桥;垂,下垂;绝,断绝。
②梯航:登山航海的工具。指车、船之属。
③百粤:广东、广西古为百粤之地。粤,音yuè。
④趋:奔向,奔赴。
⑤葑(fèn),菰(茭白)根。
⑥沮洳(jùrù):低湿泥泞的地方。
⑦鲛(jiāo)室:鲛人之室。鲛人,古代传说中居于水中的怪人。木华《海赋》:"其垠,则有天琛水怪,鲛人之室。"
⑧凫(fú):野鸭。
⑨尾联二句:作者直抒胸臆,表示自己内心很责怪范蠡,说范蠡你既有今日,何必当初,既然你最后选择退隐江湖,当初你为什么要去掺和吴越争霸的事?看来诗人看透帝王以及官场,宁愿隐居江湖,也不愿意出去做官,所以他历元、明两朝,无论地方官府屡次举荐或是朝廷征召,都拒绝不去。诗人的"三观"同范蠡是不一样的。鸱夷子,见前汤仲友《无题》诗注释。

【写作背景】

　　王逢在至正中尝寓居吴江同里洞真观,道光《同里志·流寓》中有记。志中还记录了王逢的《赠云外道者灵保治中(有序)》,该文作于至正二十年至至正二十五年之间。序云:"予过吴江同里洞真观……"《题垂虹桥亭》当作于此时。吴江志书中还记录了王逢在吴江与垂虹桥有关的诗,如《淮安忠武王箭歌题垂虹桥亭》《陪淮南僚友泛舟吴江城下》《吴江第四桥阻风》等。

【阅读链接】

鲛人泣珠

　　鲛人泣珠的典故出自郭宪《洞冥记》卷二:"[吠勒国人]乘象入海底取宝,宿于鲛人之舍,得泪珠,则鲛所泣之珠也,亦曰泣珠。"晋张华《博物志》卷九记载:"南海外有鲛人,水居如鱼,不废织绩,其眼能泣珠。从水出,寓人家,积日卖绡。将去,从主人索一器,泣而成珠满盘,以与主人。"说的是南海有一种人鱼从水中出玩,住在人家多日,眼见米缸见空,主人将要去卖绡纱,人鱼向主人要一器皿,哭泣的眼泪成为珠子装满一盘子,来赠给主人。后以"鲛人泣珠"指传说中的鲛人流泪成珠。郭沫若著名的《静夜》当中"沧海月明珠有泪"描写的就是"鲛人泣珠"的故事。

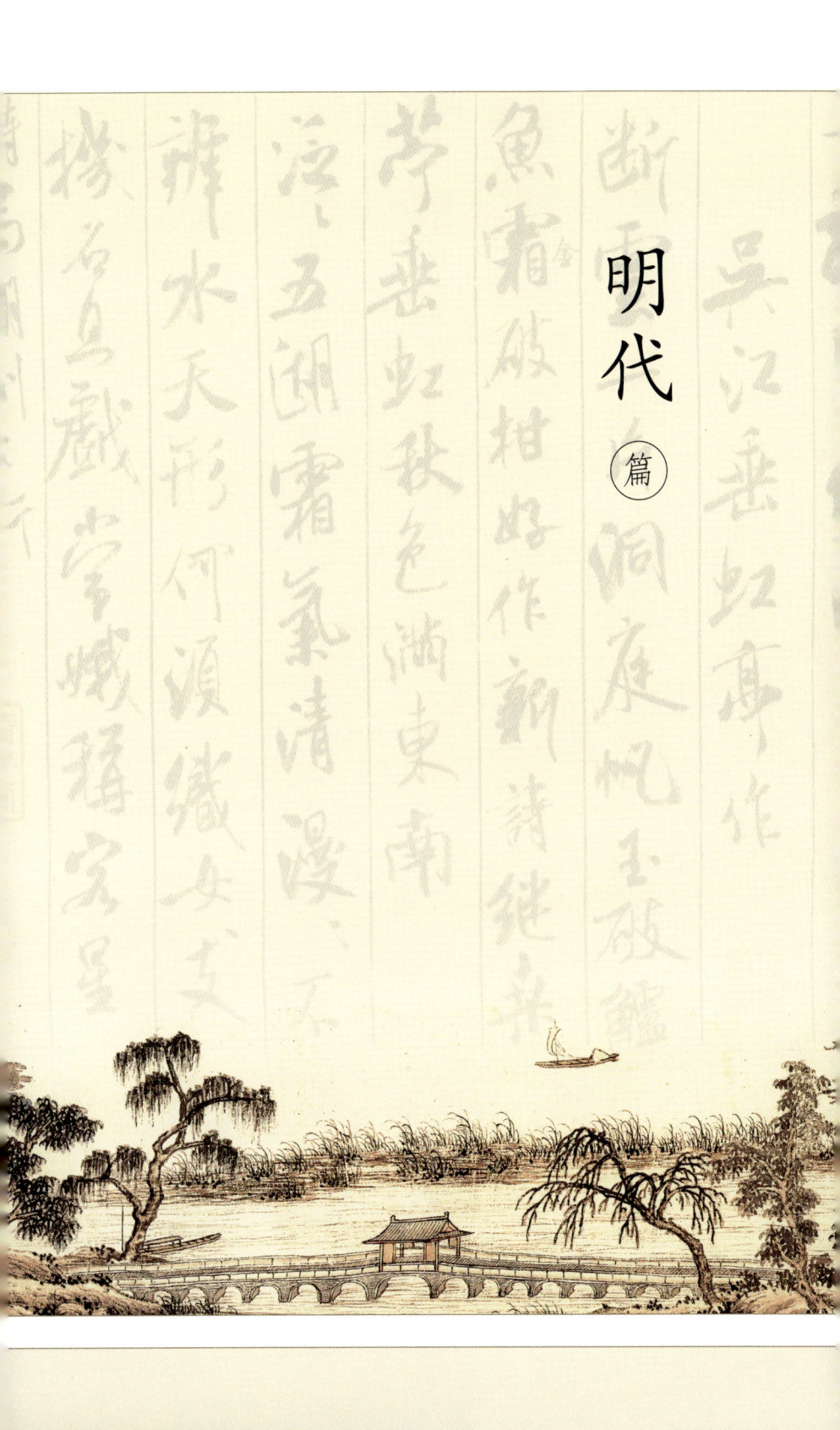

明代篇

无 题

[明]凌云翰

飞梁①压水跨虹腰②,知是吴江第一桥。
安得③鲈鱼共尊酒,秋风亭上酹④三高⑤。

【作品出处】

辑自清徐崧、张大纯纂(zuǎn)辑《百城烟水》。

【作者简介】

凌云翰(生卒年不详),字彦翀,钱塘(今浙江杭州)人。元至正十九年(1359)举人。洪武十四年(1381)以荐授成都府学教授,坐事谪南荒而卒。工诗,有《柘轩集》。

【词语解释】

①飞梁:凌空飞架的桥。
②虹腰:虹的中部。
③安得:怎么才能求得;哪里能够得到。含有不可得的意思。
④酹(lèi):把酒洒在地上表示祭奠或起誓。
⑤三高:吴江松陵镇东门外,垂虹桥底原建有三高祠,用做祭祀"吴江三贤"。三高即指战国时期越国大夫范蠡、西晋时期的文学家张翰、唐朝文学家陆龟蒙三位隐士高人。

【写作背景】

凌云翰是钱塘(今浙江杭州)人,游垂虹桥,吴江的特色美味鲈鱼给他留下了深刻的印象。他的《苏武慢·有酒无肴》也写到了吴江鲈鱼:"有酒无肴,奈(nài)何良夜,客有鲈鱼相惠。如此山川,几何日月,三国竟成何事……"

【阅读链接】

三高祠

  三高祠,原址在松陵镇垂虹桥西堍之南,"三高"之名始于宋熙宁三年(1070),知县林肇将范蠡、张翰、陆龟蒙等三人画像绘于鲈乡亭壁。当时人认为,范、张、陆三人都洞悉世事,急流勇退,保持高风亮节,称为"高士"。宋元祐五年(1090),王辟任吴江知县后,在垂虹桥西端底定亭建祠,绘三人像于壁。宋元符二年(1099),主簿程俱在原址重建祠堂。元符三年三月,知县石处道在祠内塑三高士像,并亲自撰记。宋建炎三年(1129),祠遭战火毁。宋绍兴三年(1133),县尉杨同、祝师龙重建。宋乾道三年(1167),知县赵伯虚重建三高祠于钓雪滩,王份捐朣庵内钓雪滩地一块,祠成由范成大撰《三高祠记》。宋淳熙六年(1179),知县陈矞修,并刻三高画像于石。宋嘉泰三年(1203),知县王益祥修。宋宝祐三年(1255),知县曹良朋重建三高祠,王份之孙王栗又捐地,使三高祠的范围得以扩大。

  元延祐七年(1320),知州陈璧修三高祠。元泰定元年(1324)八月,陆龟蒙裔孙陆元吉主持祭祀,并设祭田50亩,作为永久祭祀修葺之费。元末,祠毁于兵火。明洪武元年(1368),知州孔克中重建。明成化十八年(1482),知县王迪修。

  清乾隆七年(1742),道士吴锦源募修。当时规定,官方每年春秋两次分官致祭。乾隆帝两度吟咏三高祠,第一首为:"碑记今观范成大,画图昔咏李公麟。三吴共仰三高节,避世常为佳世人。"三高祠曾由范成大作记;李公麟是北宋的著名画家,作有《吴中三贤图》(三贤即指范蠡、张翰和陆龟蒙),乾隆帝曾为其题句。第二首为:"避祸何曾忘货殖,思莼直是见几图。天随不赴蒲轮召,一例三高安勉殊。"第一、二、三句依次写了三贤。

  清道光二十五年(1845),知县左仁重建。太平天国战争期间,三高祠被毁。清光绪五年(1879),松陵人吴仁杰等将祠改建在西门外流虹桥堍文昌道院,今不存。

垂虹亭

[明] 高 启

泊舟登危亭①,江风坠轻帻②。

空明入远眺,天水如不隔。

日落震泽③浦,潮来松陵驿。

绵绵洲溆④平,莽莽蒹葭积。

凭阑不敢唾⑤,下有龙窟宅⑥。

帆归云外秋,鸟下烟中夕。

欲炊菰米⑦饭,待月出海白。

唤起弄珠⑧君,闲吹第三笛。

【作品出处】

辑自清沈彤等纂《吴江县志》。

【作者简介】

高启(1336—1374),字季迪,自号青丘子,长洲(今江苏苏州)人。明洪武初,召修《元史》,授翰林院国史编修官,擢户部右侍郎,托辞年少,未受职,被赐金放归,以教书为生。后因代苏州知府魏观撰《郡治上梁文》诗,触怒明太祖朱元璋,被腰斩于南京,年仅三十九岁。博学工诗,雄健浑涵,自成一家,为"吴中四杰"之一。有《高太史大全集》等。

【词语解释】

①危亭:耸立于高处的亭子。

②轻帻(zé):便帽,软帽。

③震泽:太湖的古称。

④洲溆(xù):洲边。

⑤唾(tuò):从嘴里吐出来。

⑥龙窟(kū)宅:即龙宫。南朝梁简文帝《上菩提树颂启》:"弘龙窟之威,绍鹫

山之法。"唐项斯《浊水求珠》诗:"沙寻龙窟远,泥访蚌津幽。"

⑦菰(gū)米:菰米就是茭白。生于湖泊中,结的果实像米,很稀有。九月抽出茎,开的花像苇。果实长一寸多,秋霜过后采摘,皮呈黑褐色。它还有一名叫雕菰。

⑧弄珠:玩珠。指汉皋二女事。《文选·张衡〈南都赋〉》:"耕父扬光於清泠之渊,游女弄珠於汉皋之曲。"李善注引《韩诗外传》:"郑交甫将南适楚,遵彼汉皋臺下,乃遇二女,佩两珠,大如荆鸡之卵。"唐李白《岘山怀古》诗:"弄珠见游女,醉酒怀山公。"

【写作背景】

高启曾在吴江居住过,康熙《吴江县志续编》"寓贤"中记载:"高启……居吴松江上,歌咏终日以自适焉。明兴,荐修元史,授翰林国史编修……恳辞乞归,……复居江上。"松江为吴江别称,元划松江以南为松江府,于是松江易名"江上"或称淞江,"江上"即成了吴江的别称。当源于唐李白《江上送女道士褚三清游南岳》:"吴江女道士,头戴莲花巾。霓衣不湿雨,特异阳台云。足下远游履,凌波生素尘。寻仙向南岳,应见魏夫人。"高启写有《移家江上别城东故居》《江上答徐乡见寄》《寓吴江报恩寺遇风雨与张宪联句》等诗。洪武四年(1371),高启三十六岁,九月,作《姑苏杂咏》一百二十三篇及《姑苏杂咏序》,其中有《垂虹亭》(一名《松江亭》)和《鲈乡亭》《垂虹桥》。此外,他还写有与吴江有关的《三高祠》等诗。

【阅读链接】

汉皋解佩

《文选·张衡〈南都赋〉》:"游女弄珠于汉皋之曲。"李善注引《韩诗外传》:"郑交甫将南适楚,遵彼汉皋台下,乃遇二女,佩两珠,大如荆鸡之卵。"《文选·郭璞〈江赋〉》:"感交甫之丧佩"注引《韩诗内传》:"郑交甫遵彼汉皋台下,遇二女,与言曰:'愿请子之佩。'二女与交甫,交甫受而怀之,超然而去。十步循探之,即亡矣,回顾二女,亦即亡矣。"汉刘向《列仙传》卷上:"江妃二女者,不知何所人也,出游于江汉之湄。逢郑交甫,见而悦之,不知其神人也。谓其仆曰:'我欲下请其佩。'仆曰:'此间之人皆习于辞,不得,恐罹悔焉。'交甫不听,遂下与之言曰:'二女劳矣。'二女曰:'客子有劳,妾何劳之有?'交甫曰:'橘是柚也,我盛之以莒,令附汉水,将流而下,我遵其旁,采其芝而茹之,以知吾为不逊也。愿请子之佩。'二女曰:'橘是柚也,我盛之以莒,令附汉水,将流而下,我遵其旁,采其芝而茹之。'遂手解佩与交甫。交甫悦,受而怀之,中当心,趋去数十步,视佩,空怀无佩,顾二女,忽然不见。诗曰:汉有游女,不可求思。此之谓也。"后以"汉皋解佩"为男女爱慕遗赠的典故。宋曹勋《虞美人》词:"汉皋解佩当时遇,绿满经行处。如今清梦已惊残,赖向君家窗户、得重看。"

题吴江垂虹桥

[明] 林 鸿

云帆秋晚过垂虹,落日晴波荡远空。
欲借仙家辽海鹤①,月明吹笛水晶宫。

【作品出处】

辑自清沈彤等纂《吴江县志》。

【作者简介】

林鸿(生卒年不详),字子羽,福清(今属福建)人。洪武初,任将乐县儒学训导,后官至礼部稽膳司员外郎。论诗主唐音,为"闽中十子"之首。有《鸣盛集》。

【词语解释】

①辽海鹤:辽东丁令威得仙化鹤归里事。《搜神后记》卷一:"丁令威,本辽东人,学道于灵虚山,后化鹤归来,落城门华表柱上,有少年欲射之,鹤乃飞鸣作人言:'有鸟有鸟丁令威,去家千年今始归,城郭如故人民非,何不学仙冢累累!'遂高上冲天。"按丁令威化鹤事,唐宋词人常用之,以寄托抒发沧海桑田、物是人非之慨。

【写作背景】

林鸿从清江镇沿运河到苏州,曾写有《水调歌头·清江镇阻风过姑苏》,词中写道:"折尽霸头柳,挂席送归鸿。任他一江愁水,千里有情风。满眼碧云乍暖,口口轻烟阁雨,山抹画眉浓。此夜在何处,酒醒阊阖钟。沈腰缓,潘鬓短,苦西东。辋川笑我归去,鸥鸟不相容。错怨天公口语,无奈人生如梦,俯仰古今同。但愿身差健,休放玉尊空。"清江镇隶属于浙江省温州乐清市,当此时经过吴江作"题垂虹桥"诗。

【阅读链接】

明代开国后第一诗人

林鸿之诗"声调圆稳,格律整齐",一洗元代诗人纤弱之习,被称"明代开国后第一诗人"。林鸿认为汉魏诗歌骨气虽然雄健但隽逸不足,晋诗风玄虚,齐梁以下,诗风浮华,只有唐代诗歌创作可算集大成。但贞观初年还有陋习,至开元天宝,声律大备。后学者应取盛唐诗歌做为楷模。

林鸿诗作的内容有歌颂正义战争、抒发爱国情结的《塞下曲》,其中有"国耻犹未雪,壮士莫思家"直抒胸臆的诗句,也有表达壮志难伸的"抚琴中夜起,气候何凄清""三十志有立,一经尚无成"的感怀。林鸿还有不少吟咏自然景象的诗篇,如《游玉华洞》。他的赠别诗《寄逸人高漫士》,其中四句是:"云物正当摇落后,黄河终念别离难。龙门别墅今宵月,谁与相同把酒看?"

林鸿有些诗写得既有神韵、气概,也有真情,当然也有模拟之作,但其神韵、气概也非其他才子所及。《四库全书提要》中说:"况高棅(bǐng)尚不免庸音,鸿则时饶清韵。"

松陵八景

[明] 陶 振

太湖三万六千顷,总付雪滩垂钓翁。
林屋参差红日下,洞庭缥渺白云中。
泉喷甘雨龙神庙,声吼蒲牢①塔寺钟。
回首简村凝望久,不知明月挂垂虹。

【作品出处】

辑自清沈彤等纂《吴江县志》。

【作者简介】

陶振(生卒年不详),字子昌,自号钓鳌客,其先华亭(今上海松江)人,赘于庞山谢氏,遂为吴江人。少与谢常学于杨维桢,洪武二十三年(1390)举明经,授县学训导,后迁安化教谕。所作诗词超逸豪俊。有《钓鳌集》等。

【词语解释】

①蒲牢:古代传说中的一种生活在海边的兽。据说它吼叫的声音非常宏亮,故古人常在钟上铸上蒲牢的形象。

【写作背景】

陶振,祖上到吴江庞山谢家做女婿,成了吴江人。他为吴江县儒学训导,儒学即在吴松江上,垂虹桥畔。陶振情系松陵八景,流连于垂虹景色,在《回至吴江》诗中也写了垂虹景色:"吴淞江上望垂虹,历历山川似画中。泉脉分甘天目近,湖翻底定海门通。"

【阅读链接】

钓雪滩

  钓雪滩,位于苏州市吴江区松陵镇东部,垂虹桥东北,濒临京杭大运河,是古吴淞江南岸的滩涂,以前这里芦蒿丛生,是垂钓的好去处,吴江的文人雅士冬日多于此垂钓,由此而名钓雪滩。宋代筑垂虹桥后,此滩上曾先后建有王份的别业臞庵、状元黄由的别业盘野、钓雪亭、三高祠等,宋嘉泰三年(1203),县尉彭法建钓雪亭。知县王益祥诗云:"举头湖上无多地,每笑仙凡隔几尘。雪月蒲天迎客夕,依然身是个中人"。高启有《钓雪滩》诗:"江流欲澌鱼不起,一蓑独钓寒芦里。渔村茫茫烟火微,雪满晚篷人独归。"明副都御史陈璧诗云:"桥首三高欲问津,滔滔冠盖总浮尘。定谁袖得功名手,来作寒江钓雪人。""阑干三面白琉璃,消得渔竿挂一丝。帆影橹声都过了,满江风月要人诗"。文人将此作为"吴江八景"之一,名"雪滩钓艇"。曹孚《雪滩钓艇》:"雪飞滩上晴,水流滩下平。往来人断绝,独有钓舟横。"

  因战乱破坏,今钓雪滩原有古建筑荡然无存。2004年,吴江市政府在钓雪滩重建华严塔[①],新建计成纪念馆等,连同残存的东西两端垂虹桥桥孔,形成垂虹景区,成为市民休闲游赏的场所。

注释:

  ①华严塔原在垂虹桥东南堍,初建于宋崇宁三年(1104),因战乱及遭雷击,几经重修,最后于清宣统二年(1910)倾圮。

垂虹亭晚眺

[明]吴 复

水落沙明露远洲,楚天万里见飞鸥。
横空瑞气张华剑,浮世功名范蠡舟。
落日楼台吹笛晚,高风木叶下林秋。
青冥①共展图南翼②,肯学冯唐③叹白头。

【作品出处】

辑自明莫旦纂《吴江志》。

【作者简介】

吴复(生卒年不详),字孟修,吴江(今属江苏苏州)人。洪武二十一年(1388)以人材荐授湖广佥事。有《雪区稿》《霞外集》等。

【词语解释】

①青冥(míng):形容青苍幽远。指青天。
②图南翼:语出庄子《逍遥游》。鹏"背负青天,而莫之夭阏者,而后乃今将图南",后世喻指远大的志向。
③冯唐:冯唐,西汉代郡(今张家口蔚县)人,西汉大臣,出仕晚,汉武帝求贤时他已经年过古稀,心有余而力不足。后世学者文人通常用冯唐来形容"老来难以得志"。

【写作背景】

吴复为吴江人,熟于掌故考据,对地方的古迹颇关注,曾到过吴江的不少地方,写有《吴江春望》《吴江田父叹》《秋溪夜雨行》《吴江舟中观荷花》《与辅太守过桃溪》《吴江儒学舍来行》等诗。他登垂虹亭远眺,怀古抒情,表露了他的远大理想。

【阅读链接】

张华剑

当初东吴未灭时，斗星与牛星之间常有紫气，相信道术的人都认为这是象征吴正强大，不可征伐，只有张华不以为然。吴平之后，紫气更加明显。晋尚书张华听说豫章人雷焕精通谶纬天象，就邀请雷焕，与他同宿，避开旁人对他说："我们一起去寻察天象，可知将来的凶吉。"二人登楼仰观天象，雷焕说："我观察很久了，斗星牛星之间，很有异常之气。"张华说："是何吉祥征兆呢？"雷焕说："是宝剑的精气，上彻于天。"张华说："你说得对。我少年时，有个相面的说，我年过六十，位登三公，并当得到宝剑佩带。这话大概是效验的。"因而又问道："剑在哪个郡？"雷焕说："在豫章丰城。"张华说："想委曲您到丰城做长吏，一起暗地寻找此剑，可以吗？"雷焕答应了。张华大喜，立即补雷焕为丰城令。

雷焕到丰城后，挖掘监狱屋基，下挖四丈多，发现一个石匣，光气异常，匣中有双剑，剑上都刻有字，一名龙泉，一名太阿。这天晚上，斗牛之间的光气消逝了。雷焕用南昌西山北岩下的土擦拭二剑，光芒艳丽四射。用大盆盛水，把剑放在上面，看去光芒炫目。派使者送一剑和北岩土给张华，留一剑自己佩用。有人对雷焕说："得到两个只送一个，瞒得过张公吗？"雷焕说："本朝将要大乱，张公也要在乱中遭祸。此剑当悬于徐君墓树之上。此为灵异之物，终究会化为他物而去，不会永远为人所佩带。"张华以为南昌土不如华阴赤土，给雷焕写信说："详观剑文，此剑就是干将，与其相配的莫邪，怎么没有送来？虽然二剑分离，天生神物，终于会会合的。"因而送给雷焕一斤华阴土。雷焕以此土拭剑，更加精彩明亮。张华被杀后，宝剑不知去向。

雷焕死后，其子雷华为州从事，带剑经过延平津，剑忽从腰间跳出落入水中，雷华使人入水寻剑，找不到剑，只见两条龙各长数丈，盘绕水中，身有花纹，寻剑的人惊惧而回。片刻光彩照人，波浪大作，于是此剑消逝。雷华叹道："先父的化为他物之说，张公的终将会合之论，今日算是验证了。"张华博学多识大多类此，不能详细记载。后来司马伦、孙秀被杀，齐王司马冏辅政，挚虞向司马冏写信说："张华死后不久，我进入中书省，得到张华在先帝时答诏书的草稿。先帝问张华可以肩负重任辅佐国家托以后事的人，张华回答：'有明德而又至亲者，莫如齐王司马攸，应留在京师镇抚国家。'他这种忠良之谋，坦诚之言，在他死后才被发现，令人信服，与那些随波逐流苟且偷安的人是不可同世而论的。

泊吴江口

[明] 苏 平

舣^①棹垂虹近驿楼，水晶宫里喜同游。
腥风隔浦吹渔网，远火临流映客舟。
万顷烟波寒浸月，一天星斗倒涵秋^②。
酒醒共向篷窗^③坐，谁调沧浪^④起白鸥^⑤。

【作品出处】

辑自明莫旦纂《吴江志》。

【作者简介】

苏平（生卒年不详），字秉衡，海宁（今属浙江嘉兴）人。永乐中，举贤良方正，不就。景泰中，与弟苏正游京师，并有诗名，常与刘溥、汤允勋等相唱和，称"景泰十才子"。有《雪溪渔唱》。

【词语解释】

①舣（yǐ）：使船靠岸。
②倒涵秋：秋色倒影在水面上。
③篷窗：船窗。
④调沧浪：即唱起《沧浪歌》。
⑤白鸥：古人常用与鸥鸟结盟表达一种融入自然和超尘脱俗的情感。

【写作背景】

苏平与吴江黎里人尹宽是诗友。尹宽，字孟容，号江南布衣，与盛泽人史鉴、平望人曹孚、练塘人凌震为诗酒之交，有"四大布衣"之名。苏平、尹宽和另一朋友一起游垂虹桥和钓雪滩，月下泛舟，诗词唱和。尹宽写有《次韵苏平泊吴江口》诗："酒醒长歌倚柁（duò）楼，雪滩祠下又重游。湖光万顷沉孤月，灯影三人共一舟。天转星河知午夜，风传砧杵（zhēnchǔ）报新秋。百年身世真萍梗，机事何烦问海鸥。"

【阅读链接】

沧浪歌

《沧浪歌》是一首清新而悠扬的短歌,歌者名渔夫,一位没名字考证的隐者。内容是:沧浪之水清兮,可以濯我缨;沧浪之水浊兮,可以濯我足。在《楚辞·渔父》可以里看到作为乱世智者的打鱼人和屈原的那次对白。传统上讲世事清明时,可以出仕为民造福;世事混乱时,也不必过于清高自守,这是渔夫劝屈原的话,意思是当沧浪之水清的时候就洗我的冠发,沧浪之水浊的时候就洗我的脚。而屈原宁死也不肯违背自己的原则,而夫劝屈原审时度势,随波逐流。渔夫对屈原的劝导蕴含者一位哲人和一位诗人的深层的理解及同情,这是基于心灵默契之上的对立和转向,渔人的莞尔而笑意味情长,击桨远去那沧浪之歌依然余音袅袅。

《沧浪歌》正确解读应该是"君子处世,遇治则仕,遇乱则隐"。(语出《汉书新注》)这也就是"达则兼济天下,穷则独善其身"的另一种说法。

后人将其谱成古琴曲,名为《沧浪歌》,并引用了其里面的内容。

垂虹桥

[明] 杜 庠

天垂蠖蜒跨三吴①，桥上分明见画图。
七十二湾平作路，万千年浪直冲湖。
石阑干外青山小，芦苇丛边钓艇孤。
老我昔年题柱手，举杯今日醉莼鲈②。

【作品出处】

辑自清沈彤等纂《吴江县志》。

【作者简介】

杜庠（生卒年不详），字公序，长洲（今江苏苏州）人。景泰五年（1454）进士，任攸县知县，罢归，负勉才，放情诗酒，往来湖浙间，自称西湖醉老。有《江浙歌风集》等。

【词语解释】

①蠖蜒、三吴：见前宋代、元代诗注。
②莼鲈：鲈鱼与莼菜。南朝宋刘义庆《世说新语·识鉴》载：晋张翰在洛，见秋风起而思故乡莼鲈，因辞官归。后因以"鲈莼"为思乡之典。

【写作背景】

杜庠是苏州人，仕不得志，放情诗酒，往来江湖间，自称西湖醉老。他何时来吴江垂虹桥待考。但杜庠写垂虹桥的诗在咏垂虹诗中脱颖而出。民国四年，垂虹桥重修时在桥身上镌刻了一副对联："八十丈虹晴卧影；万千年浪直冲湖。"上联取宋代杨杰句，下联采拮明代杜庠（xiáng）句。

【阅读链接】

题　柱

　　典出《华阳国志》卷三《蜀志》。汉代司马相如初离蜀赴长安,曾于成都城北升仙桥题句于桥柱,自述致身通显之志,曰:"不乘赤车驷马,不过汝下也!"桥名作"升迁"。后以"题桥柱"比喻对功名有所抱负。"题柱客"指誓志求取功名荣显之士。亦省作"题桥""题柱"。

过松陵感旧

[明] 沈 周

松陵重弭棹①,访旧与前殊。
白杜②伤新鬼,青山识故吾。
鱼虾登晚市,菱芡③入秋租。
寄兴长桥水,悠悠入太湖。

【作品出处】

辑自清叶燮等纂《吴江县志》。

【作者简介】

沈周(1427—1509),字启南,号石田,晚号白石翁,长洲(今江苏苏州)人。擅画山水,兼工花鸟,影响所及,形成"吴门画派",与文徵明、唐寅、仇英合称"明四家"。其诗挥洒淋漓,自写天趣,有《石田集》等。

【词语解释】

①弭棹(mǐzhào):亦作"弭櫂(zhào)",停泊船只。
②白杜:小乔木。
③菱芡(qiàn):菱角和芡实。

【写作背景】

沈周是苏州人,成化元年(1465)苏州人吴宽介绍与吴江盛泽人史鉴相识,后结成儿女亲家,因而,沈周对吴江情有独钟,此后,他常去盛泽,过松陵的次数数不胜数。据记载:成化六年(1470)秋,沈周经松陵,泊平望,过黄家溪,抵嘉兴。成化七年(1471)二月四日舟达吴江,宿盛泽史鉴家,6日抵嘉兴。成化十九年(1483)十二月廿四日,与徐襄赴吴江,舟中作《万寿吴江图》,是夕抵黄溪,会张渊,有诗。二十五日回,经垂虹桥,与徐襄同登,又赋竹枝词一首,题于日前所为之图上。成化十九年(1484),经吴江至盛泽,与史鉴、汝泰一同登船南下,直驱杭州。沈周1496年行书自诗册,有题诗:"吴江长桥如长虹,西来太湖槁(gǎo)下通。我家落日水如镜,照见人影在波中。"沈周从真山水中获取绘画的真本,创作了一系列实景山水画卷,有《万寿吴江图卷》《吴江游图卷》《无款图卷》《垂虹暮色》《垂虹桥》《枫落吴江图》,画上都有题诗,在明清时很有影响。清乾隆皇帝见了沈周的《枫落吴江图》曾挥笔题诗:"崔家逸句真无匹,沈氏粗皴(cūn)亦绝胜。小住吴江诗画里,身披寒籁昒(miǎn)空澄。"

【阅读链接】

菱 芡

和采莲一样,江南的采菱采芡实在古代也是盛事。

女子们在中秋前后,划着小船,口里吟唱的是采菱曲,同时把手伸进水里,富有节奏的采摘着菱角。斜阳照耀在水面上,把水面也染个通红。相映而下,更显得她们动作的婀娜。

女子唱的《采菱曲》是乐府曲调,其曲柔美动听,写的人很多。在南朝时候特别的盛行,它和《采莲曲》一道构成了当时的流行曲调。直到唐朝仍有不少人写《采菱曲》。

南朝梁江淹写《采菱曲》,曲中言道:"秋日心容与,涉水望碧莲。紫菱亦可采,试以缓愁年。"他说采菱可以缓解忧愁,其实应该是优美的曲调让人淡忘心中忧愁。我心中烦恼的时候,听一些轻柔的曲调心情会舒缓许多,而且百听不厌。就如唐朝张九龄说:"兰棹无劳速,菱歌不厌长。"(张九龄《东湖临泛饯王司马》)

刘禹锡也写《采菱曲》,而且他写的很长。他写到:"白马湖平秋日光,紫菱如锦彩鸾翔。荡舟游女满中央,采菱不顾马上郎。争多逐胜纷相向,时转兰桡破轻浪。"菱角如锦缎一样飘荡在水中,采菱女子连心上人都来不及顾及,争着去采菱角,她们争着划向那菱角多地方。兰桨一道道划过掀起一层轻浪。菱角吸引力确实很大啊。他又写采菱曲声:"屈平祠下沉江水,月照寒波白烟起。一曲南音此地闻,长安北望三千里。"美丽曲声连三千里外长安都能听到,可见其魅力巨大。

唐朝的温庭筠在长安看到有人坐船东归(唐朝的大运河可以从长安坐船直下江南)。想起故乡菱角。他写到:"飘然篷艇东归客,尽日相看忆楚乡。"小小菱角勾起人的思乡的愁绪。可见菱角的在诗人心中的地位。

南朝的《采菱曲》轻柔婉转,而北朝诗作多豪迈之气,像北朝的《木兰辞》中木兰豪迈之气就很浓。我想木兰不会多温柔的,否则怎么会做一个刚强的军人。

在农村,很多人在中秋节的时候除了会吃月饼,还会吃菱角,以及石榴等等。

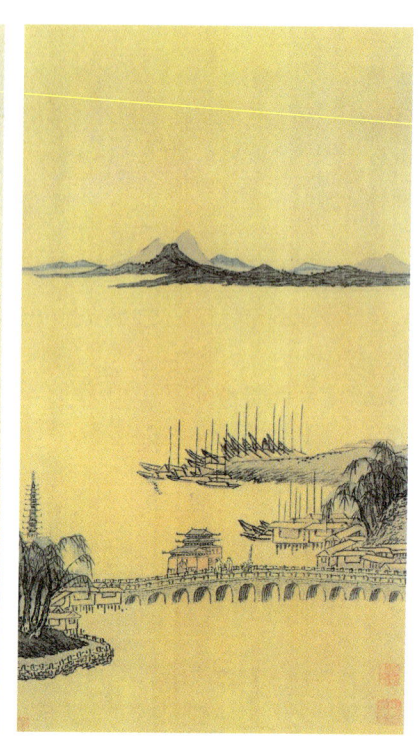

长虹引南北横截太湖流步月金鳌背啸歌
天地秋
沈周

佛果三千尺疏狂五岳旺内发苏酒水行
漾青空中

太湖三万顷垂虹截其流泊舟步桥上明月满清秋
文壴

湖水分南北修梁亘其中曾路桥上月金波卧白虹 祺登

载酒垂虹桥檜咏东瞬发髪见金波流七十二
残月
世贞

两江名胜图册 明·沈周绘

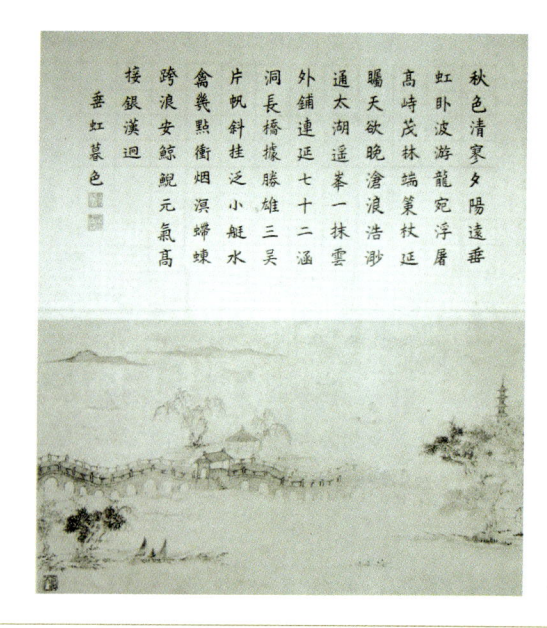

秋色清寒夕阳远垂
虹卧波游龙宛浮屠
高峰茂林端薰杖延
瞩天欲晚端沧浪浩渺
通太湖遥连七十二
外铺长桥撑腾雄三吴
洞片帆斜挂泛小艇水
禽鹜点衡烟溟蝴蝶
跨浪安鲸鲵元气高
接银汉迥
垂虹暮色

垂虹暮色 明·沈周绘

吴江图卷　明·沈周绘

吴江夜泊

[明] 薛 绩

舟傍垂虹宿,夜深飞露华①。
钟声来梵刹②,灯影近渔家。
叶响风生树,滩明月映沙。
去家虽不远,惆怅即天涯。

【作品出处】

辑自明莫旦纂《吴江志》。

【作者简介】

薛绩(生卒年不详),字汝嘉,号古岩,吴江(今属江苏苏州)人。善画山水,能书。

【词语解释】

①露华:露珠。
②梵刹:指松陵垂虹桥边的华严寺塔。

【写作背景】

薛绩为吴江桃溪人,桃溪一名桃墩,即今桃源镇西北的陶墩村,垂虹桥在吴江境内,离他家不算远。他夜泊垂虹桥,表露出的却是惆怅之感。

【阅读链接】

华严寺塔

《吴江夜泊》中的"梵刹",指的是华严讲寺,原在吴江城区东门外垂虹桥东南堍,寺内有华严寺塔。宋元祐四年(1089),松陵人姚得瑄捐钱四十万缗建造。宋崇宁三年(1104),塔成,高七层十三丈,塔身为方形,俗称方塔。宋建炎三年(1129),宋金激战中,华严塔被毁。宋绍兴十七年(1147),王助教修塔。其后,郡人钮姓对塔进行维修。元大德四年(1300),住持僧善信对华严塔进行大修,并将塔顶更新。元至正二十四年（1364），华严塔毁于战火。元至正二十七年，寺僧募款重建华严塔。明永乐（1403—1424）初，僧文锦募修华严塔。

清康熙五年（1666），华严寺塔一角遭雷击。清康熙二十一年，塔又遭雷击，底下四层被烧毁。清康熙二十六年，飓风大作，塔被吹歪。清康熙四十二年春，知县张元振（字鹭涛，山东潍坊人）出告示，募人将倾斜的塔扶正。是年夏天，有人应募组织百余壮汉用棺板将其扶正。清康熙四十四年，平望人潘耒发起捐修华严塔。清乾隆九年（1744）人，潘耒之子潘其炳又发起捐修华严塔。竣工后，吴江县知县丁元正有感于潘氏父子两代修塔的义举，同时又有"鹤鸣"的祥兆，撰写《鹤鸣塔序》，勒石以记其事。

清咸丰十年（1860），华严寺毁。清宣统二年（1910）二月，由于连遭风雨，华严塔倾圮。翌年，乡人在宝塔地宫发现多部北宋藏经，后流散于民间。民国六年（1917），华严寺占地二十亩，宝塔基和铜顶仍在，有僧房五间。20世纪60年代，在寺址建化工厂，后为民居。

华严寺塔自宋至清前后存在800多年，曾与始建于宋庆历八年（1048）的垂虹桥、吴淞江、元至正十六年（1356）张士诚所筑的吴江城，构成"高塔、长桥、大江、坚城"的吴江胜景。2004年，吴江市政府在原垂虹桥北侧钓雪滩，易地重建华严塔。新建的华严塔，仍为方形，七层，高四十六点六六米，与垂虹桥遗迹、计成纪念馆组成"垂虹景区"，为当地民众休闲去处之一。

吴江晚眺（录二）

[明] 吴　宽

霜林摇落洞庭微，泽国①茫茫对夕晖。
湖上客来金橘熟，桥头人卖玉鲈②肥。

扁舟范蠡当时计，独棹③张翰何处归？
景物萧条增客思，更堪回首雁南飞。

【作品出处】

辑自仲国鋆（yún）等辑《太湖诗词选》。

【作者简介】

吴宽（1435—1504），字原博，号匏庵，长洲（今江苏苏州）人。成化六年（1470）举进士第一，官至礼部尚书。博观群书，兼工书法，诗文和恬雅。有《匏翁家藏集》等。

【词语解释】

①泽国：多水的地区；水乡。
②玉鲈：即鲈鱼，太湖特产。
③棹（zhào）：本意是划船的一种工具，形状和桨差不多。一般指代船。

【写作背景】

吴宽为苏州人，当数次到过吴江，曾为沈周《过吴江图》题过诗。吴宽在吴江有三位好友，一是史鉴，二是赵宽，三是吴洪。史鉴是盛泽黄家溪人，景泰七年（1456）吴宽与史鉴订交，成化十二年（1476）十二月史鉴去苏州宿修竹馆，吴宽有诗记，诗中写道："天明返舟楫，吴江正流澌（sī）。"弘治十年（1497）春，史鉴过世，吴宽至黄家溪小雅堂吊唁，撰墓表。他还有一首《登故友史西村小雅堂》，诗中道："路绕黄家溪水长，春风洒泪复登堂。"赵宽是同里人，与吴宽同在京城做官，成化十八年（1482）起，吴宽等人在京城与京师苏州同乡为文字会，赵宽也参加。成化二十三年

（1487）七月赵宽归省吴江，吴宽在京城送之，有诗道："古园寄吴江，游钓旧为戏。"吴洪是吴江松陵人，弘治六年（1493）正月十六，吴宽召吴洪等人过饮，弘治十五年（1502）与吴洪等五人于京城结五同会，为吟咏之会。史载吴宽在成化十五年（1479）正月二十二日，与沈周同游吴江瑞云观有联句。瑞云观在吴江城东三十里二十七都韩墅村，今同里镇境内。吴宽还曾为同里感梅亭撰记。

【阅读链接】

张　翰

宋龚明之《中吴纪闻》卷三引王赞诗，评曰："赞之意谓翰度时不可有为，故飘然引去，实非为鲈也。"

据《晋书·张翰传》记载："翰因见秋风起，乃思吴中菰菜、莼羹、鲈鱼脍，曰：'人生贵适志，何能羁宦数千里，以邀名爵乎？'遂命驾而归。"他想起了往昔的乡居生活与家乡风物，尤其思念吴中特产、味道特别鲜美的菰菜、莼羹、鲈鱼脍，于是诗笔一挥，写下了著名的《思吴江歌》："秋风起兮木叶飞，吴江水兮鲈正肥。三千里兮家未归，恨难禁兮仰天悲。"当时张翰在洛阳为官，遂去官返乡，于是中国的诗学中就多了一个"莼鲈之思"的典故。

张翰因不愿卷入晋室八王之乱，借口秋风起，思念家乡的菰菜（茭白）、莼羹、鲈鱼，辞官回吴松（淞）江畔，"营别业于枫里桥"。

题垂虹亭三忠祠①

[明]徐 源

猎猎②飘风吹庙门,精忠同入断碑温。
长桥东下狂澜急,信是中流砥柱存。

【作品出处】

辑自清徐崧、张大纯纂《百城烟水》。

【作者简介】

徐源(生卒年不详),字清卿,吴江(今属江苏)人,成化十六年(1480)举人。

【词语解释】

①三忠祠:明洪武元年(1368),吴江知县孔克中整修垂虹桥,并在水中立石柱,添造垂虹亭为十一间,两厢立三忠祠,祀伍员、张巡、岳飞。
②猎猎(lièliè):风劲吹的声音。

【写作背景】

徐源为吴江松陵镇石里人,成化十六年,知县陈尧弼曾为他在家乡建登科坊(会元坊)。垂虹桥就在松陵镇,他当常游,此诗为谒垂虹亭三忠祠后所题。

【阅读链接】

三忠祠

吴江东门外垂虹亭南原有三忠祠,祀春秋末期吴国大夫伍子胥、唐代著名军事家张巡和宋抗金名将岳飞,建于明洪武元年(1368)。

元至正二十七年(1367)的时候,山东曲阜人孔克中到吴江任知州。明洪武二年报1369年吴江改州为县,孔克中改任知县。孔克中,字庸夫,是孔子第五十五代孙。这时,正值元明易代,吴江历遭兵燹,民风日下。孔知州用节余的库银修葺各种设施,重建了县衙,重建了惠民药局,整修了垂虹亭、三高祠。在修三高祠的时候,他忽然想到了一个问题,范蠡、张翰、陆龟蒙都是隐士,他们虽然有着不图名利的品格,但是现在是万事待举,需要每个人出力的时候,如果人人都像三高一样退隐,那么谁来为国家出力呢?因而,当务之急不是做隐士,而是做忠臣。于是,他在三高祠边上重建垂虹亭,水中立石柱构屋前后各三间,将前一间为三忠祠,祭祀三位名垂青史的大英雄:春秋时吴国谋臣伍子胥、唐朝著名将领张巡、宋代抗金名将岳飞。

伍子胥,名员,字子胥,春秋时楚国人。扶助夫差即位打败越国,夫差却听信别人谗言,赐剑让他自刎。张巡是唐代邓州人,安禄山反,张巡起兵征讨,屡破叛军,任御史中丞、河南节度副使。后城中粮尽,与部将南霁云等同遭杀害。岳飞,字鹏举,北宋相州汤阴(今河南汤阴县)人,曾大破金军"铁浮图"(侍卫亲兵)和"拐子马"(左右两翼钳攻的骑兵),后因内奸秦桧害,遭"谋反"诬告,以"莫须有"罪名被杀。

三忠祠教人以忠之道。每年当地在祭三高时也都要祭三忠。祝文说道:"呜呼!三公其迹不同,其所同者惟一在一忠。太宰(伍子胥)之忠,由孝以发,直谏被谮,仁成身杀。中丞(张巡)之忠,割爱保障,江淮之民,赖以无恙。乃若岳王(岳飞)之忠,志在恢复,大功垂成,权奸肆毒。三公之庙,固各有所,景仰同心,谁曰不可。今兹仲礼宜祀。"今不存。

垂虹别意

[明]朱 伺

枫落江堤晚带烟,行人把袂①买归船。
溪分野色东西路,桥跨清流上下天。
酒为锦心②浇磊魄③,诗凭玉轴④寄留连。
何时又是逢君日,夜雨联床话昔年。

【作品出处】

辑自明汪玉珂编《珊瑚网》。

【作者简介】

朱伺(生卒年不详),字厚斋,吴县(今江苏苏州)人。

【词语解释】

①把袂(mèi):把,握住;袂,衣袖。犹言握手的意思,表示两人关系亲热。
②锦心:优美的文思。
③磊魄(lěiwěi):众石累积貌。亦喻胸中不平之气。
④玉轴:卷轴的美称。借指珍美的图书字画。

【写作背景】

　　明朝正德年间,安徽休宁学子戴昭来苏州求学,先是跟唐寅学习《诗经》,后从薛世奇学《易》,中途薛做官去了,转从雷启东学习直至卒业。戴昭为人言行谦恭缜密,亲近贤士。在苏求学期间,遍交当时吴中名士,诸如沈周、文徵明、祝允明等,都与之成为忘年忘情之交。正德三年(1508),戴昭学业有成,思乡心切,将返回休宁老家。当时从苏州去休宁的主要交通为水路,故必经吴江松陵,他们在垂虹桥畔作别。众吴门才子送别戴昭共作三十六首诗,朱伺这首《垂虹别意》即为其中之一。

【阅读链接】

《垂虹别意图卷》

　　《垂虹别意图卷》由唐伯虎作画，祝枝山题"垂虹别意"引首，戴冠做序。戴冠在《诸名贤垂虹别意诗序》中解释道："垂虹者，吴地石杠之名也。"题诗则以沈周为首，祝允明、文徵明、唐寅等三十余人皆列其后。

　　当时，唐寅知道门生将返回故乡，作画一幅，画面秋树清疎（shū），欹（qī）斜历落；长桥卧波，远山如黛；一船鼓枻中流，船棚中端坐三人。画尾题诗云："柳脆霜前绿，桥垂水上虹。深杯惜离别，明日路西东。欢笑幸圆月，平安附便风。归家说经历，挑尽短檠（qíng）红。"赠画兼题诗，唐寅对这位弟子可谓相当的青睐。戴昭将诗画合在一起，裱成一个长卷。

　　因赠诗人中有一位叫杨循吉的，所赠诗有"垂虹拂帆过"一句，揭示了古往今来送客于垂虹桥畔的风雅意味，故而长卷题为"垂虹别意"，由祝允明挥笔书写了四字引首。戴昭得以来苏求学，与其宗亲戴冠的引领介绍分不开，因而他请戴冠作序而唐寅的这幅画，无疑是这个卷子的中心，故能流传几百年，至今为人珍爱。

　　岁月沧桑，这个长卷后来流落海外，被美国收藏家顾洛阜所收藏。2009年，苏州书法家葛鸿桢先生翻译《海外书迹研究》一书时，发现了这个卷子，非常欣喜，立刻将其介绍到国内。该卷现存诗仅十九首，所幸有明末汪珂玉编著的《珊瑚网》一书著录了这个长卷，并录入了卷中的三十六首赠诗，使我们今日犹得窥全豹。

垂虹别意图卷　明·唐寅绘　祝允明题跋　戴冠题序

垂虹别意图卷（局部）

垂虹别意图卷（局部）

明代篇

垂虹别意

[明] 陆　南

瑟瑟西风透客衣，怀乡情与雁南飞。
夕阳枫叶吴江上，一片秋光送马蹄。

【作品出处】

辑自明汪珂玉编《珊瑚网》。

【作者简介】

陆南，生平未详。

【写作背景】

同前。

【阅读链接】

吴江与枫叶

《新唐书·文艺传上·崔信明》："信明……褰亢，以门望自负，尝矜其文，谓过李百药，议者不许。扬州录事参军郑世翼者，亦骜倨，数诋轻忤物，遇信明江中，谓曰：'闻公有"枫落吴江冷"，愿见其馀。'信明欣然多出众篇，世翼览未终，曰：'所见不逮所闻。'投诸水，引舟去。"后遂以"枫落吴江"借指诗文佳句。宋辛弃疾《玉楼春》词："旧时'枫落吴江'句，今日锦囊无着处。"亦省作"枫落"。宋陆游《秋兴》诗："才尽已无枫落句，身存又见雁来时。"吴江遂与枫叶结下了不解之缘。好事者因为崔信明的诗句，将吴江别称"枫江"。

垂虹别意

[明] 德 璇

送别江枫日已斜,倚栏把酒思无涯。
惊心白髪思乡国,触目青山感物华①。
渺渺烟波牵客恨,迢迢秋浦乱芦花。
不堪回首天空阔,一鹜横飞带落霞②。

【作品出处】

辑自明汪珂玉编《珊瑚网》。

【作者简介】

德璇(xuán)(生卒年不详),僧人。

【词语解释】

①物华:自然景物。
②一鹜(wù)横飞带落霞:套用王勃《滕王阁序》的名句"落霞与孤鹜齐飞"。

【写作背景】

同前。

【阅读链接】

德璇的《垂虹别意》是《垂虹别意图卷》题诗之二十三,下录之二十二,俞金的《垂虹别意》。

垂虹别意
俞 金

心怀亲舍远,身上客船忙。
脉脉情千种,匆匆酒一觞。
江波摇落日,枫叶着余霜。
顾此垂虹影,离愁谁短长。

垂虹别意

[明] 祝允明

把手江南奇绝处①,石阑高拍袂轻分。
胸中故有长虹在,吐作天家补衮②文。

【作品出处】

辑自汪珂玉编《珊瑚网》。

【作者简介】

祝允明(1460—1526),字希哲,号枝山,长洲(今江苏苏州)人。弘治五年(1492)举人,官至应天府通判。与唐寅、文徵明、徐祯卿并称"吴中四才子"。能诗文,尤工书法,为明中期书家代表之一。有《怀星堂全集》等。

【词语解释】

①江南奇绝处:指垂虹桥。
②补衮(gǔn):1. 补救规谏帝王的过失。语本《诗·大雅·烝民》:"衮职有阙,维仲山甫补之。" 2. 唐代对补阙的别称。

【阅读链接】

吴中四才子

吴中四才子,即江南四大才子,指明代时生活在江苏苏州的四位才华横溢且性情洒脱的文化人。一般认为是指唐寅(唐伯虎)、祝允明(祝枝山)、文徵明、徐祯卿。

《明史》卷二八六:"徐祯卿与祝允明、唐寅、文徵明齐名,号吴中四才子。"唐、祝、文、徐活跃在前七子摹拟、复古之风大盛之时,能够不依傍门户,卓然自立,为诗以抒写性情为第一义,在当时来说,确属难能可贵。徐祯卿虽在前七子之列,但其诗多佳作,诗论也有许多独到之处,论者以为非李梦阳、何景明可比。唐寅、祝允明、文徵明不独能诗,且擅于书法、绘画,以多才多艺见称。

垂虹别意

[明] 文徵明

久客怀归辞旧知，扁舟江上欲行时。
多情最是垂虹月，千里悠悠照别离。

【作品出处】

辑自明汪珂玉编《珊瑚网》。

【作者简介】

文徵（zhēng）明（1470—1559），初名璧，字徵仲，号衡山居士，长洲（今江苏苏州）人。少与唐寅、祝允明、徐祯卿并称"吴中四才子"，曾官翰林院待诏。诗文书画皆工，画为"明四家"之一。有《甫田集》等。

【写作背景】

同前。

【阅读链接】

文徵明的诗歌成就

文徵明前期为"东庄十友"与"吴中四才子"之一，后期又"主风雅数十年"。文诗宗宋与中晚唐，融各家之所长，如陆诗之工整、苏诗之文人意趣、白诗之雅致、柳诗之幽深等。于此之外，文徵明自身的性格、趣尚融化于诗中，形成了"雅饬（chì）之中，时饶逸韵"的诗风。

其一，雅饬之中，文诗的"雅"，自然在一定程度上影响了其诗在结构和辞句上的安排，亦偏雅化。在文诗中，其结构严谨，句式工整，体现了整饬的特点。文徵明曾学陆游，二者诗中均喜用对偶句。在文诗中，对偶句比比皆是，其常用的对偶句有四类：数字对、叠字对、色彩对和人地名对。

其二，"逸韵"诗风，文诗中的"逸韵"主要体现在隐逸之情和飘逸之美。文徵明有浓厚的隐逸情结，自然在诗中有所流露。而其隐逸情怀的超凡脱俗，尤使其诗表现出飘逸的神采。再者文徵明的雅致和隐逸情怀使其诗脱离尘俗，染上一缕不食人间烟火之气。其部分诗作写得飘逸洒脱。如《醉仙图》。

综上，文徵明诗风既"雅饬"，亦饶"逸韵"，吴中地域特色鲜明，充满"雅"之气息，与当时吴中"俚俗"诗歌形成鲜明反差。受吴中俗文化的影响，文徵明亦作有极少量带有俚俗特点的诗歌，但雅致诗歌占绝对主导地位。文诗取盛唐之下，依照当时七子派的标准，文诗格调不高，而其部分诗作体现出来的飘逸奔放之气，使其诗摆脱了柔靡的格调，只是所占比例不大；同时，文诗不能纯粹以七子派的标准来衡量，需用辩证的眼光来看，自有独特的美学价值。

垂虹别意

[明]吴 龙

相逢忆昔自花村,今忍相违①赋此吟。
怨鸟啼残归去恨,清风歕动仰高心。
半江寒送蘋花②雪,一路香浮桂子云。
有约明年重过我,不妨杯酒话更深。

【作品出处】

辑自明汪玉珂编《珊瑚网》。

【作者简介】

吴龙,生平未详。

【词语解释】

①相违:离别。
②蘋花:蘋草所开的花。

【阅读链接】

怨 鸟

《埤雅·释鸟》:"杜鹃,一名子规,苦啼。啼,血不止。一名怨鸟,夜啼达旦,血渍草木。"清李邺嗣《杜鹃行》:"巫山迢遥隔万里,怨鸟一声空裂耳。"又名杜宇。杜宇为传说中的古蜀国国王。周代末年,七国称王,杜宇始称帝于蜀,号曰望帝。晚年时,洪水为患,蜀民不得安处,乃使其相鳖灵治水。鳖灵察地形,测水势,疏导宣泄,水患遂平,蜀民安处。杜宇感其治水之功,让帝位于鳖灵,号曰开明。杜宇退而隐居西山,传说死后化作鹃鸟,每年春耕时节,子鹃鸟鸣,蜀人闻之曰"我望帝魂也",因呼鹃鸟为杜鹃。一说因通于其相之妻,惭而亡去,其魂化作鹃鸟,后因称杜鹃为"杜宇"。

松陵晚泊

[明]唐 寅

晚泊松陵系短篷,埠头灯火集船丛。
人行烟霭垂虹上,月出蒹葭①涌水中。
自古三江多禹迹,长涛五夜起秋风。
鲈鱼②味老春醪③贱,放箸金盘不觉空。

【作品出处】

辑自清沈彤等纂《吴江县志》。

【作者简介】

唐寅(1470—1523),字伯虎,一字子畏,号六如居士,吴县(今江苏苏州)人。弘治十一年(1498)乡试第一。次年进京参加会考,因牵涉科场舞弊案而被革黜。自此遂无意功名,致力于绘画。画与沈周、文徵明、仇英合称"明四家"。诗文亦有名,为"吴中四才子"之一。著有《六如居士全集》等。

【词语解释】

①蒹葭(jiānjiā):特定生长周期的荻与芦。蒹:没长穗的荻。葭:初生的芦苇。

②鲈鱼:中文里有许多种鱼类都可以被称为鲈鱼,其中最常见的有四种,分别是:海鲈鱼,学名日本真鲈,分布于近海,及河口海水淡水交汇处。松江鲈鱼,也称四鳃鲈鱼,属于降海洄游鱼类,最为著名。大口黑鲈,也称加州鲈鱼,从美国引进的新品种。河鲈,也称赤鲈、五道黑,原产新疆北部地区。本诗中应该是指松江四鳃鲈鱼。

③春醪(láo):春酒。

【写作背景】

垂虹桥是江南名胜,唐寅晚泊垂虹桥,写下垂虹的风土人情。《唐寅年谱》中只有他到垂虹桥的一次记载,在明正德三年(1508)八月十五,他同沈周、杨循吉、祝允明、文徵明等在垂虹桥送休宁戴昭归家,均有赠诗,他还后作《垂虹别意图》。这次除了画卷后的五言诗外,他还题了一首七言诗:"垂虹不是坝陵桥,送客能来路亦遥。西望太湖山阁月,东连沧海地通潮。酒波汩汩翻荷叶,别思茫茫在柳条。更欲传杯迟判袂,月明倚柱唤吹箫。"《松陵晚泊》是否作于此时待考。

【阅读链接】

唐寅的诗文成就

唐寅诗文以才情取胜。其诗多纪游、题画、感怀之作。早年作品工整妍丽,有六朝骈文气息。泄题案之后,多为伤世之作,不拘成法,大量采用口语,意境清新,常含傲岸不平之气,情真意挚。著有《六如居士集》,清人辑有《六如居士全集》。

诗作有《百忍歌》《上吴天官书》《江南四季歌》《桃花庵歌》《一年歌》《闲中歌》等六百余首。诗集中有为歌妓而作者,如《花酒》《寄妓》《哭妓徐素》《代妓者和人见寄》《玉芝为王丽人作》等。

除诗文外,唐寅也尝作曲,多采用民歌形式,由于多方面深厚的文学艺术修养,经历坎坷,见闻广博,对人生、社会的理解较深,雅俗共赏,声名远扬。

垂虹晚渡　明·张宏绘

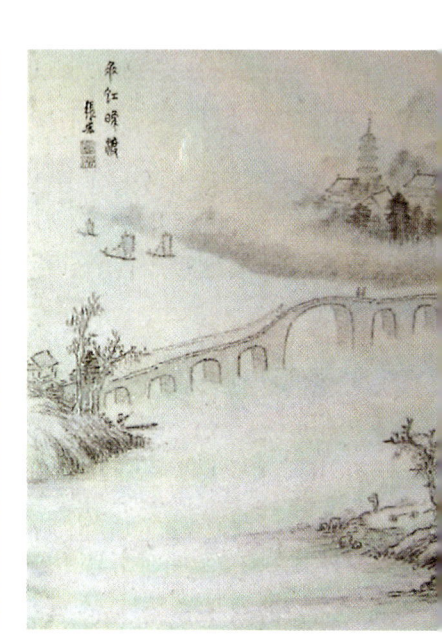

长 桥

［明］陈凤梧

三百红栏①俯碧萝②,人间天上两银河。
洞庭北望连云杳,震泽东来受水多。
叶落枫林惊旅思,灯明野岸见渔蓑。
画船晚泊虹亭外,细雨斜风洒素波。

【作品出处】

辑自明徐师曾纂《吴江县志》。

【作者简介】

陈凤梧（1475—1541），字文鸣，泰和（今属江西）人。弘治八年（1495）乙卯科举人，弘治九年（1496）丙辰科进士，授刑部主事。历任湖广提学佥事、郴桂道右参政、河南按察使、山东左布政使（巡抚）、吏部侍郎，终南京都御史。巡抚应天十府，罢归卒。卒赠工部尚书。著有《困知记》《毛诗集解》《南巡录》一卷、《射礼集要》一卷、《修辞录》六卷、《周礼合训》六卷、《周礼考正》六卷、《奏议》十卷、《集定古易》十二卷、《六经篆文》四十四卷，还同胡居仁编写《居业录类编》三十一卷。

【词语解释】

①红栏：桥的栏干。借代为桥梁。白居易《正月三日闲行》："绿浪东西南北水，红栏三百九十桥。"
②碧萝：又称女萝，一种绿色寄生攀援植物。

【写作背景】

陈凤梧在嘉靖五年（1526）起巡抚应天十府，罢归。应天巡抚始设于宣德年间，初辖苏州、松江、镇江三府，后辖区不断扩大，嘉靖元年增至十府一州，十府为应天、苏州、松江、镇江、常州、徽州、宁国、池州、太平、安庆。陈凤梧当在巡抚应天十府之时到苏州，曾坐画船到垂虹桥，留下此诗。

【阅读链接】

陈凤梧撰《岳麓书院志》序

岳麓书院是我国古代"四大书院"之一,它自北宋创始,历宋、元、明、清各代,兴学不衰。其历史文化底蕴之深厚,引领全国书院教化训育之前卫,培养人才之众多,既得益于中华教育之优秀传统,也得益于各个时期书院山长(校长)的励精图治、开拓创新。在岳麓书院历任山长中,有一位株洲攸县籍的人士值得一提,他就是明正德年间担任山长的陈论。

陈论虽出身贫寒苦涩,可自幼懂得刻苦读书,潜心钻研理学,道德文章皆为楷模,深得省督学陈凤梧赏识,明正德三年(1508),四十岁的陈论被破格起用,担任岳麓书院山长。后陈论首撰《岳麓书院志》。陈凤梧于正德九年特意为陈论的该志写了一篇《序》,其中介绍了陈论管理书院和撰《岳麓书院志》的一些情况。

游吴江桥

[明]王世贞

吴江长桥天下稀,七十二星①烟霏霏。
桥上酒胡青帘肆②,桥边浣女白苎衣③。
桃花水④涨月初偃,莲叶雨晴虹欲飞。
北客风尘初极目,倚栏秋色澹忘归。

【作品出处】

辑自清沈彤等纂《吴江县志》。

【作者简介】

王世贞(1526—1590),字元美,号凤洲、弇州山人,太仓(今属江苏苏州)人。嘉靖二十六年(1547)进士,官至刑部尚书。才学富赡,好为诗文,与李攀龙同为"后七子"首领,李攀龙死后,独主文坛,名重海内。主张文必秦汉,诗必盛唐。有《弇州山人四部稿》等。

【词语解释】

①七十二星:垂虹桥的七十二个桥孔。
②桥上酒胡青帘肆:桥上胡人的酒店飘着青色的酒旗(店招)。
③桥边浣女白苎衣:桥边洗衣服的姑娘穿着白色夏布衣衫。
④桃花水:亦作"桃华水"。即春汛。《汉书·沟洫志》:"来春桃华水盛,必羡溢,有填淤反壤之害。"颜师古注:"《月令》:'仲春之月,始雨水,桃始华。'盖桃方华时,既有雨水,川谷冰泮,众流猥集,波澜盛长,故谓之桃华水耳。"清蒲松龄《聊斋志异·白秋练》:"至次年桃花水溢,他货未至,舟中物当百倍於原直也。"

【写作背景】

吴江志书中记录了王世贞的《游吴江桥》《过普济废寺遇秋空上人》《咏王山人叔承》《洗天浴日亭月夜与周天球诸友弟世懋饮别》诗和《周恭肃公用象赞》等。《王世贞年谱长编》中记述了王世贞两次到吴江的时间,一次是嘉靖三十一年(1552)七月,舟行吴江,遇叶氏姑之子、表兄叶良才,没有诗记。第二次是万历六年(1578)二月左右,陆光祖入为南京大理寺卿,邀会吴江道中,作《与绳廷尉入朝、邀会吴江道中作》诗。《游吴江桥》写作日期待考。

【阅读链接】

后七子

后七子,明嘉靖、隆庆年间(1522—1572)的文学流派。成员包括李攀龙、王世贞、谢榛、宗臣、梁有誉、徐中行、吴国伦、余日德、张佳胤(yìn)等,以李攀龙、王世贞为代表。

名称首见于《明史·文苑·李攀龙传》。因在前七子之后,受李梦阳、何景明等人的影响,继续提倡复古,相互呼应,彼此标榜,声势更为浩大,世称他们是后七子,又有"嘉靖七子"之名。他们在李梦阳、何景明等前七子之后,继续提倡复古,彼此标榜,声势更为浩大,世称后七子。

后七子的文学主张基本上与前七子相同,强调文必秦汉,诗必盛唐。其形成情况大致如下:约在嘉靖二十七年(1548),由进士出身任职于京师的李攀龙、王世贞相结交讨论文学,决定重揭李梦阳、何景明等人学复古的"旗鼓"。后二年,徐中行、梁有誉、宗臣中进士,与李、王结成诗社,遂有"五子"之称。后又增谢榛(zhēn)、吴国伦。后谢榛与李交恶,被黜,余日德、张佳胤加入。

垂虹亭　明·张元士绘

泛太湖宿松陵长桥漫兴

[明]王叔承

群飞鸥鹭去不极①,予亦扬帆赴杳冥②。
洒鬓湖风寒气白,打船春雨浪花青。
水边万树来江县,云里双峰出洞庭。
七十二桥灯火乱,野烟沽酒宿渔汀。

【作品出处】

辑自仲国鋆等辑《太湖诗词选》。

【作者简介】

王叔承(1537—1601),字子幻,号昆仑山人,吴江(今属江苏苏州)人。诸生。博古高尚,以诗文游公卿间。为诗豪宕莽苍,天才烂发,极为王世贞所称。兼擅词曲。著有《吴越游编》《楚游编》等。

【词语解释】

①不极:无穷、无限。
②杳冥(yǎomíng):极高、极远以致看不清的地方。

【写作背景】

王叔承是吴江铜罗人,后至吴江梅堰做女婿,最后又归隐铜罗。他喜游学,纵游齐、鲁、燕、赵,又入闽赴楚。当经过松陵镇,游垂虹桥。在他的诗中,也留有写吴江的诗,如《冰出吴江》《看梅后从太湖出吴江归烂溪一路桃花盛开口占》《吴江舟中赋得秋怀(四首)》。他到垂虹桥,除了写有《泛太湖宿松陵长桥漫兴》《展柳胥先墓》等,还写有《小潇湘》的诗,小潇湘在垂虹桥东南,元代都元帅宁玉镇守长桥时安家于此。

【阅读链接】

泛太湖至吴江归烂溪一路桃花盛开纪兴

明·王叔承

千岩古树几浮槎,数尽寒英起暮霞。
百折清溪归亦好,五湖春水遍桃花。

(录自清乾隆《震泽县志》)

吴江竹枝词

〔明〕周永年

垂虹浮玉①两桥边，争种红莲间白莲。
白得藕多红得子，不知若个想夫怜。

【作品出处】

辑自清沈彤等纂《吴江县志》。

【作者简介】

周永年（1582—1647），字安期，吴江（今属江苏苏州）人。诸生。少负才名，诗文倚待立就。晚遭乱，居吴中西山，未几卒。著诗累万首，信笔匠心，不事雕琢。有《吴郡艺文志》《怀响斋集》《松陵别乘》《松陵先哲咏》《吴都法乘》等。

【词语解释】

①浮玉：指镇东的浮玉洲桥，今已毁。

【写作背景】

周永年是松陵天官府周氏家族后裔，周用的曾孙。周用父亲周昂入赘烂溪（即今平望周家溪）计氏，周用中举后恢复姓周，后定居松陵镇北塘街。周永年曾著有《松陵别乘》《松陵先哲咏》等，曾写有《次韵和牧翁题沈启南奚川八景图卷》诗，记录了松陵沈启。他写了三十五首《吴江竹枝词》，描写垂虹桥的竹枝词为其中一首，其余几首也有写松陵人文的，如："夹浦瓜泾浮玉洲，三桥一一束江流。刘公塘与頔塘接，使尽南来北往舟。""词隐先生旧沈郎，九宫曲谱擅欢场。而今尽按吴江调，不数昆山魏与梁。"

【阅读链接】

什么是竹枝词？

竹枝词，是一种诗体，本古代巴渝（今四川东部）间的民歌。唐代刘禹锡根据民歌改作新词，歌咏三峡风光和男女恋情，对后代影响很大。竹枝词在漫长的历史发展中，由于社会历史变迁及作者个人思想情调的影响，其作品大体可分为三种类型：一类是由文人搜集整理保存下来的民间歌谣；二类是由文人吸收、融会竹枝词歌谣的精华而创作出有浓郁民歌色彩的诗歌；三类是借竹枝词格调而写出的七言绝句，这一类文人气较浓，仍冠以"竹枝词"。之后人们对竹枝词越来越有好感，便有了"竹枝"的叫法。

竹枝词，"志土风而详习尚"，以吟咏风土为其主要特色，故与地域文化结下了不解之缘。它常于状摹世态民情中，洋溢着鲜活的文化个性和浓厚的乡土气息。随着近十数年来地域文化热的升温，竹枝词也愈益受到世人的关注，各类竹枝词资料集陆续编纂出版，其中，既有分地域编纂的，又有按年代汇辑者。前者以《中华竹枝词》（雷梦水等编，北京古籍出版社 1997 年 12 月版）为代表，后者则有 2003 年出版的《历代竹枝词》（陕西人民出版社）。

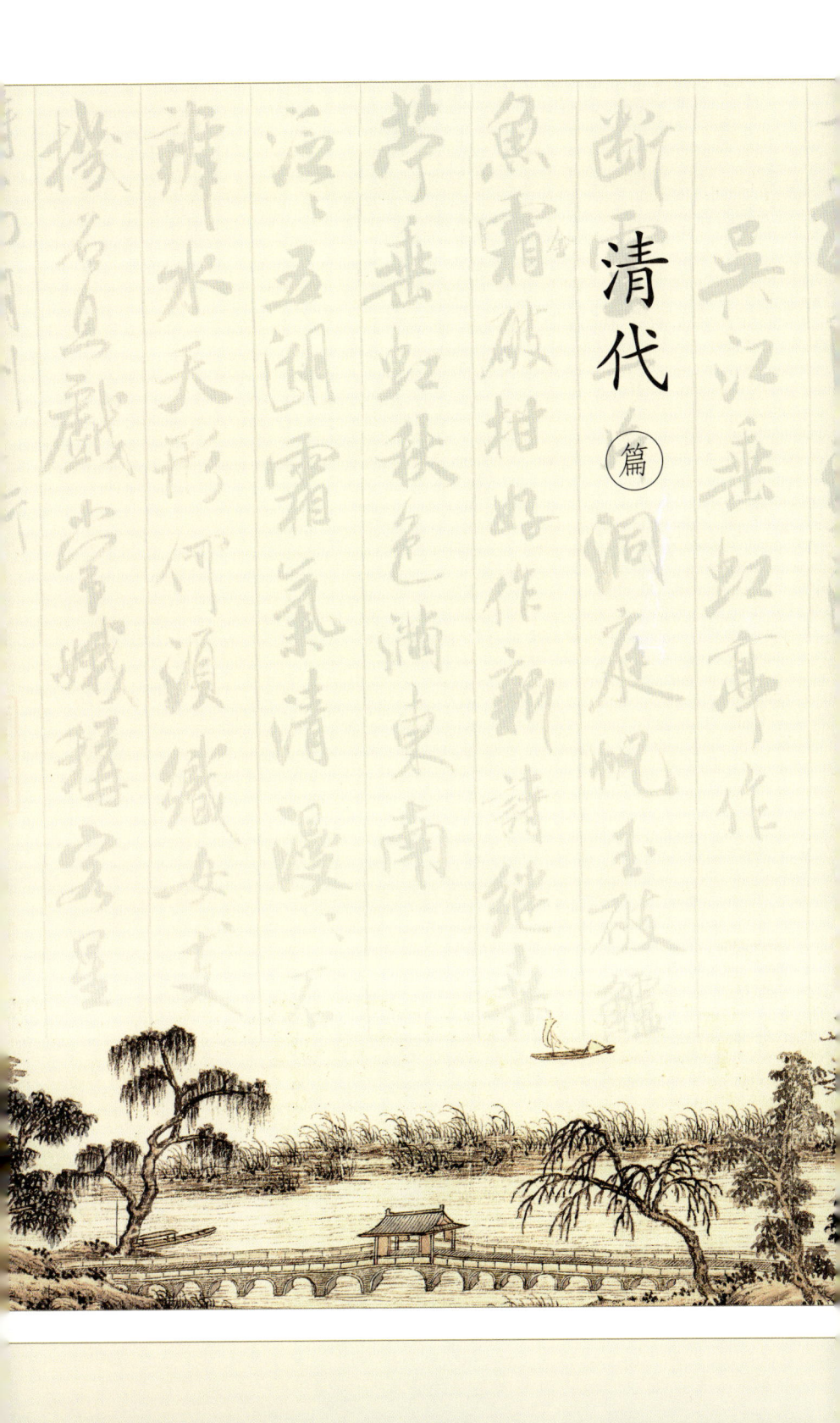

清代 篇

中秋龙舟①曲三首（其三）

[清]朱鹤龄

喧阗②鼓吹绕长虹，水马千盘皓魄③中。
霜女④素娥⑤皆寂寞，夜深应会水晶宫。

【作品出处】

辑自朱鹤龄《愚庵小集》。

【作者简介】

朱鹤龄（1601—1683），（一说1606—1683），字长孺，号愚庵，别号松陵散人，江苏吴江人。明诸生，五战棘闱不售，明亡后绝意进取。长于笺疏，又工诗文，尤致力经学。与李阳、黄宗羲、顾炎武并称为四大布衣。《清史列传》《清史稿·儒林》皆有传。有《愚庵诗文集》《杜工部集辑注》《重订李义山诗集注》。

【词语解释】

①龙舟：是船上画着龙的形状或做成龙的形状的船。赛龙舟是中国民间传统水上体育娱乐项目，多是在喜庆节日举行。
②喧阗（xuāntián）：喧闹杂乱。多指车马喧闹声。宋苏轼《九月十五日迩英讲论语……臣轼诗云》："归来车马已喧阗。"
③皓魄：明月。亦指明亮的月光。唐权德舆《奉酬从兄南仲见示十九韵》："清光杳无际，皓魄流帘空。"
④霜女：即青女，神话传说中的霜雪之神。
⑤素娥：嫦娥的别称。亦用作月的代称。

【写作背景】

清兵入关后，朱鹤龄经历了痛苦的考验和深刻的思考，他的思想感情逐渐开始向陶渊明靠拢，他毅然决然地绝意科名，走向了归隐之路。选中吴江庞山湖滨，建了居屋，取名江湾草庵，过起隐居生活。江湾草庵引来了当时的一批名流显宦，钱谦益、顾有孝等人常来庞山趋访晤叙。江湾草庵在垂虹桥以东三公里多，中秋灯市是垂虹桥畔一大特色。朱鹤龄至垂虹桥观灯市，兴致勃勃，思绪万千，写下了《中秋龙舟曲三首》，诗前有记："中秋灯市，仅见吾邑，父老相传云，始自万历中。近年又有龙舟之戏，每舟燃灯数十，鼓乐幡麾（fānhuī）毕具，会于垂虹桥下，往来舞棹，旋折如飞，士女游观，远近云集，尤他邑所未有也。"

【阅读链接】

中秋踏灯

松陵中秋灯会被称为"中秋踏灯"，不仅有灯市，还有龙舟之戏，是一种独特的地方民俗活动。《吴江县志》记载："是日，人家有赏月宴，或携榼（kē）长桥垂虹亭联袂（mèi）踏歌，无异于白日。"从明代到民国五百年中，每年中秋，每只龙舟上点燃数十只灯，舟上鼓乐声声，幡旗飘飘，集中在垂虹桥下，舟上的人舞动船棹，小舟盘旋曲折，前进如飞。也有画舫，挂满灯笼装鳞甲，荡漾在垂虹桥和钓雪滩之间的水面上，亲朋好友在画舫中聚会，赏月品酒，吟诗作画。垂虹桥畔，火树银花，男男女女、老老少少云集岸边观看，热闹非凡，通宵达旦。

过吴江有感

[清]吴伟业

落日松陵道,堤①长欲抱城。
塔②盘湖势动,桥③引月痕生。
市静人逃赋,江宽客避兵。
廿年交旧④散,把酒叹浮名。

【作品出处】

辑自吴伟业《梅村集》。

【作者简介】

吴伟业(1609—1672),清代诗人。字骏公、号梅村。太仓人,师从张溥,为复社成员。崇祯进士,曾任翰林院编修,官至左庶子。弘光朝任少詹事。与马士英、阮大铖不合,辞归。康熙时任国子监祭酒。善诗,早期作品风华绮丽,明亡后多激楚苍凉之音。工词曲书画。有《梅村集》。

【词语解释】

①堤:指吴江县长堤。《大清一统志》记载:长堤在吴江县东……界于江湖之间,明万历十三年重筑,长八十里。
②塔:指吴江东门外方塔。塔旧在吴江东门外的华严讲寺内,共七层,高十三丈,形方,故名方塔。
③桥:指垂虹桥。引:牵引。
④交旧:老朋友。

【写作背景】

据叶君远《吴伟业评传》记述,本诗是他在康熙六年(1667),游洞庭东西二山途经吴江时所作。吴伟业内心对自己的屈节仕清极为歉疚,痛悔无绪,常借诗词以写哀。顺治十三年(1656)底,以丁忧南还,从此不复出仕。吴伟业晚年表面"优游",实质对清朝不满的怨愤相当强烈。他经过吴江,到了垂虹桥畔,太阳已经落山,他见到了有塔有湖,有桥有月,动静相宜,空明清旷的湖桥夜月图。于是,产生了独特的意境:湖势佛仿在围绕着方塔移动,淡淡的月痕是由长桥牵引而生。景色是美丽的,然而赋税和兵灾使原来的秀丽景色为之黯然,从心底泛起的是吴江在赋税重压、战乱摧残之下的萧条凄凉:百姓被迫逃亡;江面空阔,见到的只是隐身遁迹的行客。而内心深处伤感的是"廿年交旧散",吴伟业在吴江有一批朋友,清兵南下到写作此诗这二十余年的时间里,他的朋友深受迫害。吴伟业的好友吴江名士吴兆骞全家被流放黑龙江宁古塔,(1659)闰三月,自京师出塞,吴伟业写有《悲歌赠吴季子》。康熙二年(1663),庄廷鑨"明史案"发,"惊隐诗社"被迫停止,与吴伟业有交往的吴江人吴炎、潘柽章惨遭杀害。"把酒叹浮名"交织了吴伟业本人的身世之感。

【阅读链接】

复 社

吴伟业是复社社员,复社是我国文人结社史上最大、影响两个王朝两个时代的社团,最初创始人就是吴江县令熊开元和吴江人吴䎖(字扶九,号静庵)、孙淳(字孟朴,一字长源)、吴允夏(字去盈)、沈应瑞(字圣符)四人。他们在天启七年(1627)秋同举复社,"复"字取"兴复古学""剥穷而复"之意。崇祯元年(1628)张溥、张采等创办应社,后来通过一系例集会,应社、复社、几社等十几个社团合并,对外统称复社,汇合了大江南北的各种社团,统一归于复社的旗号之下,张溥成了合并后的复社领袖,而吴䎖、孙淳、吴允夏、沈应瑞仍是复社的骨干。复社第一次大会得到吴江县令熊鱼山的支持,在尹山召开。这次会议实现了应社和复社的联合。明崇祯六年(1633)。复社在苏州虎丘举行了第三次集会,这次集会,从山东、山西、河南、湖南、福建、浙江赶来的文人有几千人。这次会议,宣布了复社联盟的成立。这时江北匡社、中洲端社、松江几社、莱阳邑社、浙东超社、浙西庄社、黄州质社与江南应社各分坛坫,复社先后共计两千多人,声势遍及海内。复社成员大都怀着饱满的政治热情,以宗经复古、切实尚用相号召,切磋学问,砥砺品行,反对空谈,密切关注社会人生,投身政治斗争。复社成员后来有的被魏忠贤余党迫害致死,有的抗清殉难,有的入仕清朝,也有的削发为僧。顺治九年(1652)为清政府所取缔。

江上馆斋①作

[清] 徐崧

垂虹吾邑②胜,一望动清娱③。
水绕围罗縠④,门开对画图。
夕阳渔艇泊,明月酒家沽⑤。
此地风尘外,精蓝⑥得辟⑦无。

【作品出处】

辑自徐崧(sōng)《膇庵(quān)集》。

【作者简介】

徐崧(1617—1690),字松之,号膇庵居士,吴江人。有诗名。曾入遗民诗社"远社",别号岁寒居士,是清初著名遗民和民间草根选家。著有《百城烟水》《膇庵集》等。

【词语解释】

①江上馆斋:江,指松江。临水而筑的居养之所,为徐崧家居斋名。
②吾邑(yì):吾,自称,通我;邑,泛指城市、县。
③清娱:指清雅欢娱。
④罗縠(hú):古称质地轻薄纤细透亮、表面起绉的平纹丝织物。本句中的水,是指松江,围罗縠,指松江如同绸带一般缠绕(江上馆斋)。
⑤沽(gū):买或者卖的意思。
⑥精蓝:意思是佛寺;僧舍。
⑦辟:开辟。无,句末表疑问,有没有、是否。意思此地颇为清净,是否可以辟出一处僧舍来。

【写作背景】

徐崧入清后不事科举,奔走于吴越淮扬一带,归隐居住在垂虹桥畔钓雪滩,紧贴吴松江,故取斋名为江上馆斋。江上馆斋建在膇庵(quān)遗址之上,膇庵是宋代

清代篇

大冶令王份归老处，徐崧敬慕王份，取号朧庵居士，著作为《朧庵集》。江上馆斋环境优美，他居此以编书为业，自得其乐，写下了这首诗，也表达了闲适疏朗、吟赏自然的旷远豁达情怀。有多位诗友曾造访过徐崧的江上馆斋吟诗作对，有朱鹤龄《过徐松之江上馆斋》、徐元文《丁未秋舟泊家松之江上馆斋时将闽游有诗见送赋答》、沈次雪《明府过访江上》诗，还有《家立斋太史同周孝威戴飞遵过访江上馆斋奉赠》诗。

【阅读链接】

《百城烟水》

徐崧、张大纯同编。前有尤侗序。徐崧好游佳山水间，尝缀集吴地古迹编书，取华严南询之意以名《百城烟水》。他朋友张大纯帮助他收集材料，书没有写成而徐崧去世，张大纯重加纂辑刊行。该书颇仿祝穆《方舆胜览》之例，是一部苏州地方文献专集。记述了当时苏州府及其所属的吴县、长洲、吴江、常熟、昆山、嘉定、太仓、崇明等各州县的山川形胜、寺观名刹、园林宅第、名胜古迹；并在各条目下辑录了自唐宋以来，特别是明末清初诗家的登临怀古之作。书中间接记述了明末清初的政治遗闻、社会人事、风土人情，具有史地资料价值，也有较高的文字鉴赏价值。

垂虹桥　清·钱谷绘

垂虹亭

［清］汪 琬

落日独登临,茫茫远眺心。
鲈乡亭下水,不及客愁深。
暝色①连枫树,寒声起雁群。
故园回首望,遥隔太湖云。

【作品出处】

辑自汪琬(wǎn)《尧峰文抄》。

【作者简介】

汪琬(1624—1691),字苕文,号钝翁,长洲(今江苏苏州)人。清初官吏学者、散文家,与侯方域、魏禧,合称明末清初散文"三大家"。顺治进士,授户部主事。康熙己未,召试博学鸿儒,授翰林院编修。著有《钝翁类稿》《尧峰文钞》等。

【词语解释】

①暝(míng)色:暮色。

【写作背景】

汪琬在落日中上垂虹亭,远眺对面的鲈乡亭和鲈乡亭下的水流,心潮起伏,写下了《垂虹亭》诗。汪琬登垂虹亭有这么一段故事:清顺治六年(1649)冬,明末几社遗派沧浪会,因内部意见纷争,分为慎交、同声二社。汪琬和吴江吴兆骞(qiān)、计东等都是慎交社人。就在慎交社极盛之期,汪琬来到吴江。吴兆骞与计东陪他出游,三人游历,徘徊垂虹桥,到了垂虹亭,吴兆骞望着桥下绿波荡漾,岸边塔影浮空,突然顾视汪琬,引用南朝时宋朝文学家袁淑对谢庄的话说道:"江东无我,卿当独秀。"

【阅读链接】

慎交社

　　慎交社渊源于明朝几社遗派沧浪会，顺治六年，因内部矛盾分化为慎交、同声二社，宋实颖、宋德宜、宋德宏主盟慎交社，吴江人吴兆骞与兄长吴兆宽、吴兆宫都加入了慎交社，他与尤侗、汪琬、彭珑、计东、顾有孝等都是慎交社的重要人物，一时社员近千人。顺治十年（1653）慎交、同声二社为缓解彼此矛盾，在钱谦益的授意下，推举著名诗人吴梅村为宗主成立大社，于虎丘、鸳湖举行两次大会。曾合九郡之人才齐聚虎丘广场，组织了盛况空前的结社活动。在虎丘大会上吴兆骞与诗人吴梅村即席唱和，一时吴下英俊，都以结识吴兆骞为荣。

虞美人①·泊舟垂虹桥，不及②过晤③舍妹，同纬云弟怅然④赋此

［清］陈维崧

碧鲈红稻江村市，淼淼⑤重经此。夜深水调起邻船，记得不曾听已十多年。　　北风渐酿篷窗雪，心事和谁说？匆匆忘发大雷书⑥，望里汀花沙鸟暗南湖。

【作品出处】

辑自陈维崧《迦陵词全集》。

【作者简介】

陈维崧（1625—1682），字其年，号迦陵，宜兴人。陈贞慧之子。少以诸生负盛名，康熙十八年（1679）举博学鸿词科，授检讨，与修《明史》。工诗词，有《陈迦陵文集》《迦陵词》《湖南楼诗集》。

【词语解释】

①虞美人：原为唐教坊曲，后用为词牌名。此调初咏项羽宠姬虞美人死后地下开出一朵鲜花，因以为名。又名"一江春水""玉壶水""巫山十二峰"等。双调，五十六字，上下片各四句。

②不及：来不及。

③过晤：过去会晤舍妹（妹妹）。

④怅（chàng）然：怅，失望；不痛快的样子。

⑤淼淼（miǎomiǎo）：水势浩大的样子。

⑥大雷书：南朝著名诗人鲍照的散文《登大雷岸与妹书》，后泛指家书。李白有《秋浦寄内》："结荷倦水宿，却寄大雷书。"

【写作背景】

陈维崧与弟弟陈维岳（字纬云）经过松陵垂虹桥，来不及去会见妹妹，心中泛起一阵怅然，写下了此诗。陈维崧有妹妹嫁与吴江松陵人吴洪的玄孙吴全昌（鸠怀）。

陈维崧在清康熙五年（1666）曾游苏州，与尤侗、宋实颖、顾有孝、徐釚（qiú）、沈盘、吴兆宽、张拱乾等吴中名士游，夜里与吴兆宽同宿。顾有孝、徐釚、吴兆宽、张拱乾都是吴江人。他与妹妹感情深刻，是否就是此时到松陵泊舟垂虹桥，因与文友相聚而未能去会见松陵镇的妹妹，而心存内疚不得而知，但还曾写过一首《小重山·泊舟松陵城外未及一晤舍妹赋此写怀》，也写到了泊舟松陵城外未能一晤妹妹的情怀。

【阅读链接】

陈维崧诗词两首

《小重山·泊舟松陵城外未及一晤舍妹赋此写怀》："帆如阵马骤晴空，一条银练吼、走虬龙。回头烟树失吴宫。灵岩寺，塔影尚茏苁。　　槲叶满湖红。樯灯和估笛、点空濛。夕阳船已过垂虹。无由泊，心事一杯中。"

《春日吴昌杂诗》"剧怜小妹他乡惯，乱后年年信息疏。好把嫁时衣上泪，数行弹湿大雷书。"下有原注："别舍妹暨妹丈吴鸠怀。"

吴江竹枝词

[清]潘柽章

吴江胜事谁能数,长桥宛转晴虹吐。
可怜画舫①酒如渑②,不浇三忠祠③前土。

【作品出处】

辑自乾隆《吴江县志》。

【作者简介】

潘柽(chēng)章(1626—1663),字圣木,一字力田。吴江人。明亡后隐居不仕,专史书。因南浔庄廷鑨明史案被清廷杀害。有《今乐府》《国史考异》等。

【词语解释】

①画舫:指用来游玩的船。据《吴郡岁华纪丽》载:其船四面垂帘帷,屏后另设小室如巷……船顶皆方棚。放舟游赏,是潘柽章时代文人的一种时尚玩乐。画舫在前,酒船在后。篙橹相应,放乎中流。

②渑(miǎn):水流充满河道。

③三忠祠:注释见前。

【写作背景】

潘柽章是松陵周道登的姻戚,与隐居在庞山湖的朱鹤龄友好。他尤酷爱史学,注重乡邦文献、乡贤事迹的搜集整理,曾编有《松陵文献》一书,把在读前代史书、志乘、文集过程中,凡涉及松陵的内容摘录下来,积累成编,献以纪乡贤事迹,文以录乡贤诗文。他来到垂虹桥畔,见到的是花船糜集,游人是花天酒地,望着歌舞升平的景象,想到的是三忠祠的三位忠良如今似乎被人遗忘了,没有人去祭祀,于是写了本诗发以感慨。

【阅读链接】

惊隐诗社

清初爱国诗社,又名"逃社",意即作暂时的逃避而潜谋再举;清顺治七年(1650)成立于江苏吴江。创始人为抗清义军领袖吴振远、吴宗潜和叶恒奏三人。入社成员先后近五十人;潘柽章、吴炎为重要成员,顾炎武、归庄、陈忱也参加过该社活动。每岁于五月五日祀(sì)三闾(lú)大夫,九月九日祀(sì)陶征士,同社麇(qún)至,咸纪以诗。惊隐诗社受统治者严密监视,潘柽章、吴炎等惨遭杀害,社友相继离去,诗社遂于康熙三年(1664)解散。

洞仙歌①·吴江晓发

[清]朱彝尊

澄湖淡月,响渔榔②无数。一霎③通波④拨柔橹⑤。过垂虹亭畔,语鸭桥⑥边,篱根绽⑦点点牵牛花吐。　　红楼思此际,谢女檀⑧郎,几处残灯在窗户。随分⑨且欹眠⑩,枕上吴歌⑪,声未了、梦轻重作。也尽胜鞭丝⑫乱山中,听风铎⑬郎当⑭,马头冲雾。

【作品出处】

辑自《江湖载酒集》。

【作者简介】

朱彝(yí)尊(1629—1709),清代词人、学者、藏书家。浙江秀水(今嘉兴)人。康熙十八年(1679)举博学鸿词科,曾参加纂修《明史》,博通经史,诗与王士禛称南北两大宗("南朱北王");作词风格清丽,为"浙西词派"的创始人。与陈维崧并称"朱陈"。著有《曝书亭集》八十卷等,编有《词综》《明诗综》等。

【词语解释】

①洞仙歌:词牌名。又名"洞仙歌令""羽中仙""洞仙词""洞中仙"等。

②渔榔:渔人结在船舷用以敲击驱鱼入网的长棒。

③一霎(shà):一会儿。

④通波:指吴江。班固《两都赋》中有"与海通波"的说法,吴江流入海,故称通波。

⑤柔橹:船桨。

⑥语鸭桥:吴淞江上之桥名。

⑦绽:开。

⑧谢女檀(tán)郎,泛指美貌的男女。整句的意思说:想那红楼上,双双情人彻夜欢语,有几处残灯及晓犹存。

⑨随分:随便。

⑩欹(qī)眠:侧卧。欹,倾斜。

⑪吴歌：吴地之歌，这里指船歌。
⑫鞭丝：马鞭。
⑬风铎（duó）：测验风向的大铃，一般系于屋檐下，这里指驿马所系之铃。
⑭郎当：象声词，指铃声。

【写作背景】

朱彝尊是嘉兴人，与吴江有缘源，他长女朱颖嫁吴江周能察。周能察，字以绍，号谨斋，清吴江盛泽谢天港人，著有《世经堂遗稿》，年二十九去世。朱颖守节四十六年，雍正元年有题旌。朱彝尊与吴江顾樵都交往，曾写有《吴江顾处士扁舟过方留所画山水图并新诗见赠集杜句酬之》。据有关资料记载，朱彝尊在顺治十一年、康熙元年、三十四年、四十年、四十六年曾游苏州，康熙四十二年因病足留居苏州，康熙三十四年曾与吴江人徐釚同游。一次，他从嘉兴至苏州，曾留宿吴江，听声声吴歌，第二天从吴江晓发过垂虹亭畔，语鸭桥边。本诗可以看出他对吴江、对吴歌、对吴江垂虹桥的印象深刻。

【阅读链接】

吴　歌

吴歌是吴语方言地区广大民众的口头文学创作，发源于江苏省东南部，苏州地区是吴歌产生发展的中心地区。吴歌口口相传，代代相袭，具有浓厚的地方特色。其具有温柔敦厚、含蓄缠绵、隐喻曲折、吟诵性强的特点。它和唐诗、宋词、元曲并列于文学之林，在中国文学史上占有一席地位，在明代曾被称为"一绝"。吴江的吴歌形态主要有吴江神歌、芦墟山歌、七都渔歌、平望扬歌等。民国时，垂虹桥边有山歌会，山歌对唱，此伏彼起，成为了垂虹桥边的一大亮点。吴江县的许多山歌中都提到垂虹桥。如赵永明唱的《山歌勿唱忘记多》："山歌勿唱忘记多，/搜搜索索还有十万八千九淘箩，/吭嗨吭嗨扛到吴江东门格座垂虹桥浪去唱，/压坍仔格桥墩塞满东太湖。"

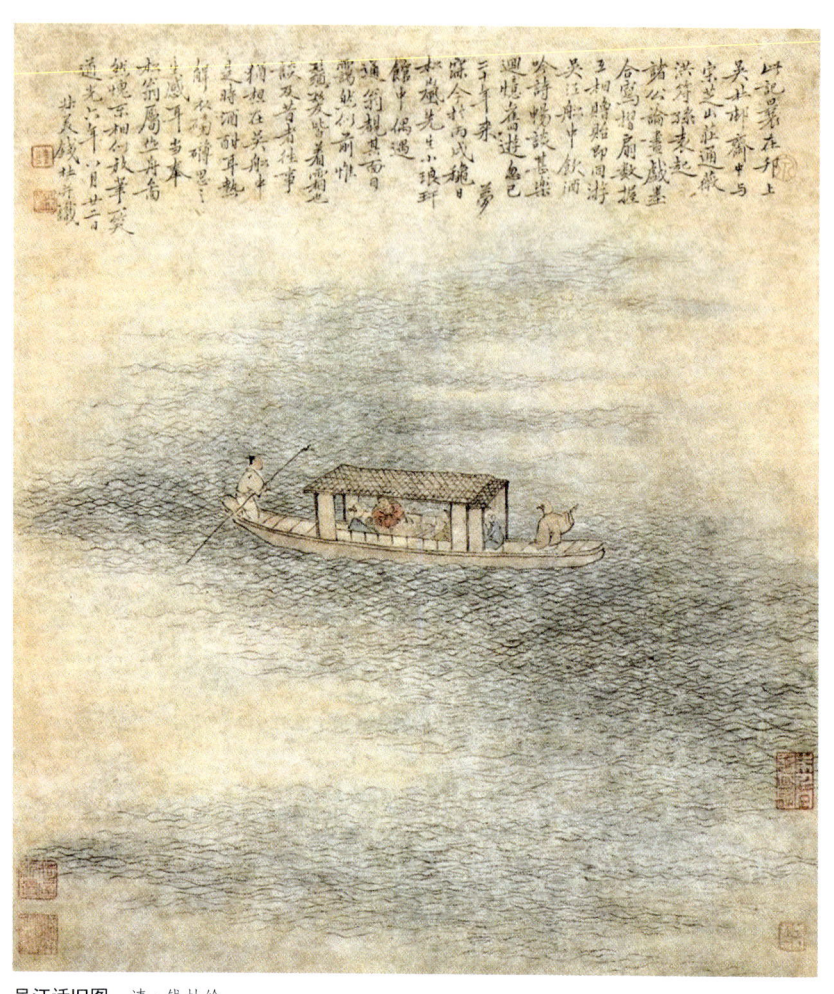

吴江话旧图　清·钱杜绘

念奴娇①·家信至有感

[清]吴兆骞

牧羝沙碛②,待风鬟③、唤作雨工行雨。不是垂虹亭子上,休盼绿杨烟楼。白苇④烧残,黄榆⑤吹落,也算相恩树。空题裂帛,迢迢南北无路。　　消受水驿山程,灯昏被冷,梦里偏叨絮。儿女心肠英雄泪,抵死⑥偏萦离绪。锦字闺中,琼枝⑦海上,辛苦随穷戍。柴车冰雪,七香金犊⑧何处?

【作品出处】

辑自吴兆骞(qiān)《秋笳集》。

【作者简介】

吴兆骞(1631—1684),清初诗人。字汉槎(chá),号季子,吴江松陵镇(今属江苏苏州)人。少有才名,与华亭彭师度、宜兴陈维崧有"江左三凤凰"号。顺治十四年科场案,无辜遭累,遣戍宁古塔二十三年,在关外,写了大量的诗,诗作慷慨悲凉,独奏边音,因有"边塞诗人"之誉,著有《秋笳集》。

【词语解释】

①念奴娇:词牌名,又名"百字令""酹江月""大江东去""湘月",得名于唐代天宝年间的一个名叫念奴的歌伎。许多词坛名家都填写过《念奴娇》,留下千古名句,如,苏轼《念奴娇·赤壁怀古》:"大江东去,浪淘尽,千古风流人物。"等。

②牧羝(dī)沙碛(qì):在沙地里牧羊,作者交代自己的流放生活。羝,指公羊。碛,指沙漠。

③风鬟(huán):鬟,原意是妇女的头发,这里以"鬟"喻云,乌云低垂,天色阴沉,这是作内心伤感的一种折射。

④白苇:白色的芦苇。

⑤黄榆:青绿的榆钱已经发黄。

⑥抵死:终究,总是。

⑦琼枝:即玉树、琼树,常用以比喻美好的人物。

⑧七香金犊(dú):用多种香料涂饰过的,让金黄色的小牛驾着走的车。犊,小牛。

【写作背景】

　　清顺治十四年(1657),发生于江南的丁酉科场案,吴兆骞是这一科的新中举人,也受到牵涉,第二年即被遣戍宁古塔。四年以后,妻子葛氏由家乡出关来伴,在戍所生有一子四女。这首《念奴娇》是吴兆骞接家信后,得知其妻欲来戍所,在痛苦思念中写下。葛氏是在康熙二年(1663)二月初五午间,风尘仆仆地行了三个多月终于到达宁古塔,本诗写作时间大约在康熙元年(1662)左右。本诗通过以塞北的荒凉与江南的繁华对比,以突出谪戍生活的艰苦,表达了作者备受儿女离别之情苦苦的折磨。垂虹亭是家乡风物的代表。"不是垂虹亭子上"以下七句,用一系列形象巧妙地将戍所的艰苦以及对远隔千里的妻子的怀念淋漓尽致地挥洒而出,暗中又透露出几分乡思。

【阅读链接】

宁古塔

　　宁古塔为古地名,约今黑龙江省牡丹江市一带,范围大概是图们江以北,乌苏里江东西两岸地区,地靠日本海,旧属吉林管辖。满语数之六为宁古(ninggun),个为塔,所以宁古塔的意思是"六个"。其地重冰积雪,非复世界,吴兆骞在给其母的信中说:"宁古寒苦天下所无,自春初至四月中旬,大风如雷鸣电激咫尺皆迷,五月至七月阴雨接连,八月中旬即下大雪,九月初河水尽冻。雪才到地即成坚冰,一望千里皆茫茫白雪。"1658年(顺治十五年)6月14日,清廷规定:挟仇诬告者流放宁古塔。清代,不少文人学子因文字狱或科场案被流放宁古塔。除吴兆骞外,他们当中有郑成功之父郑芝龙,大文豪金圣叹的家属,思想家吕留良的家属,安徽方拱乾、方孝标家庭,浙江扬越、杨宾父子,佛学家函可,文人张缙彦等等。吴兆骞五十四年的生命中,在宁古塔生活了二十二年,他将自己戍居塞外的不同思绪,写成著名诗词集《秋笳集》和《归来草堂尺牍》流传于后世,让今天的人们有幸了解三百多年前的东北和宁古塔。

松陵阻雪借宿村舍题壁

[清] 彭孙遹

小艇迎风似叶飘,山家聊得驻鸣桡①。
孤篷②一夜吴江雪,白遍垂虹十里桥。

【作品出处】

录自彭孙遹《松桂堂全集》卷七。

【作者简介】

彭孙遹(yù)(1631—1700),字骏孙,浙江海盐人。顺治十六年进士,康熙十八年召试博学鸿儒第一,官至吏部侍郎。诗工整和谐,以五、七言律为长。著有《松桂堂集》。

【词语解释】

①鸣桡(ráo):指开船。
②孤篷:借指一条船。

【写作背景】

此诗写于清顺治辛丑年,即顺治十八年(1661),此年彭孙遹(yù)三十一岁。有记载他"取径锡山、丹阳南下,七夕后至扬州,晤王士禛,有诗唱酬",也就在这段时间,他经过了吴江松陵,遇大雪,阻雪借宿村舍题壁,写下了本诗。他写有多首吴江诗,《松桂堂全集》还收集了三首:《正月九日小舟入村有作》《晓发长水小舟阻风不得前,同崔大子玉徐六珀郎夜投寿生禅院宿》《大风雪泊松陵城下》。《晓发长水小舟阻风不得前,同崔大子玉徐六珀郎夜投寿生禅院宿》诗中有句:"松陵明发应回首,烟树微茫杳不分。"并有注:"院西有巨浸名雁荡,东去鹦脰湖不及三十里。"鹦脰湖即吴江平望莺脰湖。

【阅读链接】

彭孙遹吴江诗

《大风雪泊松陵城下》:"江天千里白迢迢,急雪迥风晚更骄。地枕虹梁偏带雨,水通笠泽暗添潮。孤城芳草空如积,小坞繁花已自凋。此日吴娃愁欲绝,春波望断木兰桡。孤舟漂泊五湖东,客子行歌雨雪中。春水年年浮远棹,南云日日送归鸿。渔榔夜宿潭烟紫,驿骑西来火红。吟罢吴趋还自和,令人长忆陆龟蒙。"

《吴江寄顾茂伦》:"十里松陵路,烟波共渺然。伊人秋水外,诗思落枫前。池鸭能呼字,溪鱼不问钱。幽居怜岁晚,瑶草日竿绵。"

《题茂伦雪滩钓叟图》:"故人踪迹近何如,拟向江干问隐居。真乐宛从濠上得,子应知我我知鱼。"

《题枫江渔父图》:"手结夫须上钓舟,霜黄初落潦初收。恁(nèn)谁剪取吴江水,并作枫林一派秋。"

题顾茂伦①雪滩钓叟图

[清] 王士禛

垂虹秋色东南好，雨笠烟蓑②送此生。
今日三高祠下过，惟君不愧隐人名。

【作品出处】

辑自《王士禛（zhēn）诗集》卷十。

【作者简介】

王士禛（1634—1711），清诗人。死后因避雍正讳，后人改称士正，乾隆时诏命仍名士禛。字子真、一字贻上，号阮亭，又号渔洋山人，山东新城（今桓台）人。顺治进士，官至刑部尚书，谥文简。康熙朝数十年诗坛盟主。论诗创神韵说，亦能词。生前有盛名，门生众多，影响很大。有《带经堂集》《渔洋山人精华录》，另有笔记《池北偶谈》。

【词语解释】

①茂伦：是明代遗民顾有孝（1619—1689）的字，以雪滩钓叟为号。
②雨笠烟蓑（suō）：头戴笠，身穿蓑，用来遮风挡雨，如张志和诗云"青箬笠，绿蓑衣，斜风细雨不须归"，比喻士大夫退隐江湖的平民生活。

【写作背景】

顾有孝，字茂伦，家住吴江垂虹桥畔钓雪滩，号雪滩钓叟，王汉《清初画家李寅考》记载，《顾茂伦雪滩钓叟图》是清代画家、江都人李寅所绘，此画是苏州人、康熙三十年进士张嘉麟向李寅定制然后赠送给顾有孝的，王士禛、翁方纲、彭孙遹（yù）等名人为之题诗。王士禛题诗日期无考。清代书法家、文学家，官至内阁学士的翁方纲题诗日期为康熙十五年（1676），翁方纲《金瑶冈一百二十本梅花书屋》诗后有注写道："相传吴江《顾茂伦雪滩钓叟图》，过江人士以不得与题为恨。"

【阅读链接】

"雪滩钓艇"

"雪滩钓艇"为松陵八景之一，在松陵镇东门外的钓雪滩，位于长桥之北，滩上有钓雪亭，与垂虹桥相对立。元代的时候，吴淞江上有个叫蔡子坚的，以带有篷的小船为屋，来往于吴淞江上，取名雪蓬子。他在这里把钓垂纶，得鱼沽（gū）酒。钓雪滩风景区曾有宋大治令王份归老后建的朅庵。后来，知县王辟将三高祠移到了钓雪滩。曹孚《雪滩钓艇》："雪飞滩上晴，水流滩下平。往来人断绝，独有钓舟横。"高启《钓雪滩》："江流欲澌鱼不起，一蓑独钓寒芦里。渔村茫茫烟火微，雪满晚蓬人独归。"

松陵道上

[清]彭定求

宿雨清和候,纡回①访旧行。
桑稠蚕箔②冷,春烂③浪纹平。
极浦浮轻霭④,遥峰放小晴。
垂虹亭畔路,闲问白鸥盟。

【作品出处】

辑自《松陵见闻录》。

【作者简介】

彭定求(1645—1719),字凝祉(zhǐ),号南畇(yún),访濂(lián)。长洲(今苏州市)人。康熙十五年(1676)状元。授修撰,历官侍讲,辞归不复出。有《南畇文集》等。

【词语解释】

①纡(yū)回:曲折;回环。
②蚕箔(bó):多用草木制作而成的网状空间,方便蚕虫结茧活动。
③春烂:烂,明媚光亮。春烂,春光明媚。
④轻霭(ǎi):指轻淡的云雾。

【写作背景】

彭定求为苏州人,松陵南(原二都黄墓村)有西林庵(一名观音庵),宋建炎中僧和觉建,清康熙四十一年僧启东人理在恢复,彭定求写了记。彭定求在吴江有文朋诗友,他"纡回访旧行"来到松陵,再一次流连于垂虹景色,并用鸥鸟之盟表达了与吴江人的友谊和真诚相处。

【阅读链接】

白鸥盟

  鸥鸟之盟的典故出处是《列子》，在其中的"黄帝"篇中，说有一个住在海边的少年喜欢划船出海，与海鸥嬉戏相处。每当他划着小船来到海上，成群的海鸥围着他争相嬉闹，同他尽情玩耍，毫无戒备之态。一日，少年的父亲对他说，让他再去海上的时候，逮（dǎi）几只海鸥回来赏玩。少年答应了父亲的请求，依旧划着小船来到了海上。但是，这次海鸥却像知道他的意图似的，只在小船的上空飞舞盘旋，却再也不肯落到船上与少年游戏玩耍了。古人借用这则故事，生成了诗词常用的典故。后世引用鸥鸟之盟的典故，主要是寓意人们不应互相猜忌和利用，应当真诚自然地交往和建立彼此之间的友谊。而后又引申为厌恶世上人情险恶及互相倾轧，倾情于融入自然和超尘脱俗。

晚过吴江

[清] 爱新觉罗·玄烨

垂虹蜿蜒①跨长波,画戟②牙樯③薄暮过。
灯火千家明如昼,好风好雨祝时和。

【作品出处】

辑自《吴江县志》。

【作者简介】

爱新觉罗·玄烨(yè)(1654—1722),清世祖爱新觉罗·福临(顺治)第三子,清朝第四位、清军入关后第二位皇帝,年号康熙。康熙帝是中国统一的多民族国家的捍卫者,奠定了清朝兴盛的根基,开创出康乾盛世的局面,被后世学者尊为"千古一帝",庙号圣祖,谥号合天弘运文武睿(ruì)哲恭俭宽裕孝敬诚信功德大成仁皇帝,葬于景陵。

【词语解释】

①蜿蜒(wānyán):这里指长桥曲折延伸。
②画戟(jǐ):古代一种格斗冷兵器,多用于步兵和骑兵,在戟(jǐ)杆一端装有金属枪尖。
③牙樯(qiáng):象牙装饰的桅。这里借代装饰华美的船。

【写作背景】

康熙皇帝在康熙二十三年(1684)、二十八年(1689)、三十八年(1699)、四十二年(1703)、四十四年(1705)和四十六年(1707)连续六次南下,南巡的主要目的应该在治理黄河、优容文人上,是为了稳定统治、安抚民心和促进生产。本诗为康熙二十八年(1689)二月,第二次南巡到杭州路过吴江时,看到垂虹夜景而作。

【阅读链接】

康熙过吴江

　　康熙二十三年（1684）第一次南巡，到苏州即回銮（luán）。二十八年二月，第二次南巡到杭州。路过吴江时作诗《晚过吴江》。经过平望，有长吏用五百只画舫来迎接，引起他的感慨，于是就写了一首《入平望》诗。三十八年三月，第三次南巡路过吴江时，吴江城外大运河两岸跪满成千上万的百姓，士民们喊声震天，为从十八年起任吴江知县的郭琇（xiù）喊冤。康熙听了吴江百姓的呼声后，为郭琇平反并授湖广总督。回銮时在平望，吴廷桢在郊外迎驾，康熙就以巡幸为题，限江韵测试之，吴廷桢就献《圣德诗》。诗将成，康熙正问："行抵何处"？左右答道："已抵吴江"。吴廷桢就以此作为结句："民瘼（mò）关心忘处所，侍臣传语到吴江"。康熙大悦，赐复举人，入直武英殿。四十二年二月，第四次南巡到杭州，路过平望时书赵孟頫（fǔ）《鱼乐楼》诗，赐翰林院检讨潘耒。四十四年三月，第五次南巡到杭州路过吴江时，潘耒迎驾，御制《虎跑泉》诗赐给潘耒。四十六年正月，第六次南巡到杭州，亦路过吴江。

夜泊吴江图　清·汪鋆绘

垂虹亭送别

[清] 董 阎

垂虹亭下秋水清,垂虹亭上月初明。
征马萧萧①不忍听,离歌一曲难为情。
离歌②听罢心如结,丝桐③声声弦欲绝。
十千美酒且消愁,人生何处无离别。
问君离别意何之,云树连天有所思。
所思乃在长安道,纵横挟策④抒怀抱。
青青柳色好春光,可怜三月江南草。
路远云深不见人,但见长江流浩浩。

【作品出处】

辑自清徐崧、张大纯撰辑《百城烟水》。

【作者简介】

董阎(yín,生卒年不详),字方南,号如斋,清吴江人,康熙十二年(1673)进士,官至国子监司业,有《清慎堂集》。

【词语解释】

①萧萧:形容马嘶鸣声。
②离歌:伤别的歌曲。
③丝桐:古代制琴多用桐木,以丝为弦,故以丝桐为琴的代称。
④挟(xié)策:胸怀计谋、建议。

【写作背景】

董阎是吴江人,曾参与修儒学门临河南岸仞(rèn)宫墙,作《简草庵记》《忠爱堂记》,《黎里志》收录他的《司训汝先生传后序》。垂虹桥是吴江名胜,儒学就在垂虹桥畔,来朋友总要游垂虹桥。在垂虹桥送别好友,朋友要远征了,董阎在垂虹桥上送别,垂虹亭下秋水清清,垂虹亭上夜月初明,一曲离歌,勾起了他们的阵阵忧愁,以酒消愁愁更愁。朋友间要阔别远隔,朋友的远离是为了实现自己的抱负。来年春光明媚江南草绿的时候,朋友已在远方,只能寄托浩浩的江水与远方朋友诉说友情。

【阅读链接】

汲水奉母

董黯(àn),浙江余姚人,为汉代大儒董仲舒的六世孙,幼年丧父,家境贫困,砍柴为生,照顾母亲无微不至。母亲黄氏腿脚不便,患病多年;董黯听闻南山大隐溪甘甜清口,能治病健身,他感觉很为难:南山离家三十里,来回挑一趟水,一天工夫就没了,哪还有时间去砍柴啊?但是董黯又想:孝以顺为先,便不分寒暑,往返汲水奉母。母亲喝了儿子挑来的水,当夜睡得很香。后来,他们把家搬到了大隐溪,从此每天都能喝到新鲜的好水,董母也不用担心儿子来回奔波劳苦了,母子俩在大隐溪边住了三年,董母的腿病居然奇迹般地好了。董间曾写有《慈溪故迹》传扬了董孝子的故事:"在昔汉孝子,奉母大隐溪。溪水如崖蜜,疗疾胜良医。疾退与母返,筑室湖之西。荷耜(sì)阚(kàn)峰麓,湛然泉涌畦。天心感纯孝,潜使地脉移。至今慈水曲,犹有慈乌啼。"

题计希深驴背琢诗图

[清]胡会恩

万叠秋山夕照①虚②,霜林风物自萧疏③。
年年落尽长安叶,不道诗人尚跨驴。

垂虹秋色满江乡,负④米归来爱日常。
检点奚囊⑤千万首,溪阳⑥高卧读书堂。

【作品出处】

辑自《清芬堂存稿》。

【作者简介】

胡会恩(生卒年不详),1676年进士,字孟纶,号苕山,浙江德清人。康熙丙辰榜眼,官至刑部尚书。胡会恩工诗,有清腴之致。著有《清芬堂存稿》八卷,及《赓扬集》等,《四库总目》传于世。

【词语解释】

①夕照:傍晚的阳光
②虚:衰弱,引申为稀淡。
③萧疏(xiāoshū):冷落稀疏。
④负:驮,背。
⑤奚囊(xīnáng):唐李商隐《李长吉小传》:"每旦日出,与诸公游,恒从小奚奴,骑距驴,背一古破锦囊,遇有所得,即书投囊中。"后因称诗囊为"奚囊"。
⑥溪阳:溪水的北面。

【写作背景】

计希深即计默,字希深,号菉邨(lùcūn),为吴江盛泽计东的次子,附贡生。他濡(rú)染家学,诗文章卓绝时流,遨游四方,名满艺林。唐代诗人孟浩然巧拒官位、归隐山林、情怀旷达,常冒雪骑驴寻梅,他说过:"吾诗思在灞(bà)桥风雪中驴背上。"此后,历代文人多有题诗"踏雪寻梅"图。计希深同样效仿绘就"驴背琢句图"。图成后有不少诗人题诗,清初诗人、戏曲作家孔尚任也写有《题计希深驴背琢句图》留世。乾隆《盛湖志》中记录了胡会恩和徐釚、姜宸(chén)英、王文伯的诗。徐釚:"绝倒诗人孟浩然,常从驴背耸吟肩。输君收拾奚囊里,不用推敲句已传。"姜宸英:"一鞭踏雪又冲风,多少征人歧路中。遥指去程犹木末,可知今日负诗翁。"汪文柏:"负米寻诗亦苦辛,倚鞍人忆倚闾人。显扬早遂平生愿,才把吟鞭换钓纶。"

【阅读链接】

诗思在灞桥风雪中驴子背上

唐朝有个叫郑綮的宰相,善于作诗,朋友和幕僚经常向他索要新诗。一次,又有人登门问他:"近来有新作吗?"郑綮有些不耐烦了,回答说:"诗思在灞桥风雪中驴子背上,这里哪能得到!"那人碰了一鼻子灰,只好败兴而归,但却百思不解:那荒郊野外的灞桥,风雪中驴子背上,何以有"诗思"存在呢?原来当时的长安东郊的灞桥和西郊的渭河渡口,都是京都人们送亲友迎故旧的地方。这里经常是车来人往,热闹非常。送别的折柳相赠,举杯饯行,迎归的喜出望外,置酒洗尘。各种各样的人物,各种各样的情景,曾激发诗人写下了感人肺腑的好诗。郑綮说在灞桥风雪中驴子背上,才有诗思,正是看中了这个环境,所以,他才经常轻装简从、到这里来观察人们的言行举止,留心他们的喜怒哀乐,然后把这些溶进自己的诗篇,成为感人的佳作。

舟泊垂虹桥重翻吴江闺秀①诗有感

［清］徐昭华

吴江之水春泱泱②,水边曾蘸③青螺香。
我寻黛④影不得见,对此绿波空断肠。
残星点点障轻雾,左妹金闺⑤在何处？
雉堞⑥连墙有蔽亏,渔舟荡桨空来去。
菱花菰⑦叶满江浮,画烛银缸彻夜游。
曲渚⑧流霞漾金线,碧天清露洒琼楼⑨。
一时吟咏出花下,百尺天孙锦云絓⑩。
相隔风光知几春,教人宛转怀长夜。
十幅蒲帆五两风,长桥犹跨旧城东。
美人不在桥边住,盼作春天一段红。

【作品出处】

辑自《清诗别裁集》。

【作者简介】

徐昭华（生卒年均不祥，约清圣祖康熙四十年，即公元1701年前后在世），字伊璧，号兰痴，上虞人。嫁骆加采。工楷隶，善丹青，尤工画蝶。父咸清与毛奇龄友善，奇龄暮年家居，昭华从之学诗，称女弟子，名噪一时，有"徐都讲"之称。徐昭华著有《花间集》《徐都讲诗》一卷。

【词语解释】

①闺（guī）秀：称贤淑有才德的女子。
②泱泱（yāngyāng）：水势浩瀚的样子。
③蘸（zhàn）：在液体、粉末或糊状的东西里沾一下就拿出来。
④黛（dài）：青黑色的颜料。

⑤左妹：晋代著名诗人左思之妹左芬，亦有才名，晋武帝闻而召入宫为妃子，"姿陋无宠，以才德见礼。"后以左妹喻才女。金闺：妇女闺阁的美称。

⑥雉堞（zhìdié）：城上的短墙。蔽（bì）亏：因遮蔽而半隐半现。

⑦菰（gū）：多年生草本植物，生在浅水里，嫩茎称茭白。

⑧渚（zhǔ）：水中小块陆地。

⑨琼（qióng）楼：形容华美的建筑物。

⑩天孙：织女星的别称。絓（guà）：绊住。

【写作背景】

清代吴江，不仅男性诗人创作队伍庞大，成果惊人，女学成果也大盛，女诗人也人数众多。《清代闺阁诗人征略》收吴江女诗人四十一位，《江苏诗征》录吴江闺秀诗人六十四人。松陵名门沈氏家族，在明清两代中就出了诸多传世名人，其中闺秀诗人众多，有佚名编《吴江沈氏闺秀诗》选有沈氏妇女二十一人的诗。徐昭华是越中才媛，有"徐都讲"之称，曾游苏州，写有《因探亲吴门同虞夫人游虎丘》诗。此诗创作日期无考。徐昭华自然关注吴江的闺秀诗人，曾读吴江闺秀诗。她与吴江友人"左妹"既有"画烛银釭彻夜游"的亲密交往，更有"一时吟咏出花下"志趣相投的吟咏唱和。她在一个春季来到了松陵垂虹桥畔，未能会面友人"左妹"，只能重翻吴江闺秀诗，由景入情，惆怅思念之情油然而生，对此绿波空断肠。

【阅读链接】

吴江沈氏闺秀诗

吴江沈氏女姓诗人队伍庞大，诗集众多，柳亚子曾有如此描述："娣姒（dìsì）兢爽，或妇姑济美。"《吴江沈氏闺秀诗》选有沈氏妇女张倩倩、李玉照、顾儒人、叶小纨、金法筵、沈大荣、沈媛、沈宜修、沈倩君、沈静专、沈智瑶、沈蕙端、沈淑女、沈宪英、沈华鬘、沈关关、沈树荣、沈友琴、沈御月、沈茝纫、沈泳梅二十一人诗一百三十三首。《吴江沈氏闺秀诗》现有抄本藏于上海图书馆。

晚泊垂虹

[清]包士曾

暮色垂虹野望宜,彩槎①明镜动澜漪②。
烟波江上渔歌远,霜露天涯客梦迟。
一碧雁秋樵③水画,乱红枫冷小鸾④诗。
吴淞旧兴⑤当年记,又是西风系缆时。

【作品出处】

辑自《重修垂虹桥征信录·垂虹吟咏辑录》。

【作者简介】

包士曾(1718—1765),字省三,一字心山,号横圃,江苏武进人。县学生。乾隆七年(1742)补博士弟子员,诗文振声于一时。喜写竹石,雅得天趣。熟悉里中掌故,乾隆甲申参修《武进县志》。乾隆十五年(1750)至十六年(1751)间曾寓居吴江南城。有《横圃诗文集》。

【词语解释】

①槎(chá):木筏。
②澜(lán):大波浪。漪(yī):水波纹。
③樵(qiáo)水:打柴和捕鱼。水,在水里捕鱼。
④小鸾(luán):即叶小鸾(1616—1632),明末才女。字琼章,一字瑶期,江苏吴江人,文学家叶绍袁、沈宜修幼女。貌姣好,工诗,善围棋及琴,又能画,绘山水及落花飞蝶,皆有韵致,将嫁而卒,有集名《返生香》。
⑤旧兴:以前的兴致。

【写作背景】

包士曾是武进人,曾客居松陵城南,《震泽县志续》"寓贤"有包士曾。清吴江人陈毓升,初名毓乾,字行之,号易门。工诗古文词,诗清雅高卓,与包士曾时相过从。《松陵诗徵》记载:"行之云:庚午秋,识横圃于秦淮旅次。与之谈,书味盎然,予心重之。迨(dài)西戌(yǒuxū)之岁，横圃下帷吾邑之南城，距予馆舍不数武，时相过从，得尽窥横圃之性情学殖。"包士曾晚泊垂虹桥，回味吴淞旧兴，颇有感慨，写下本诗。包士曾也曾在其他诗中写到垂虹桥。唐代的崔信明吟出"枫落吴江冷"，让他一句成名，包士曾写有《东吴秋感》，把吴江之"冷"作了充分演绎："叶叶枫林玉露凋，吴淞暮雨暗长桥。五湖波浪寒星斗，七浦风烟冷海潮。"

【阅读链接】

包士曾《松陵杂题》（四首）

一幅鱼龙水墨图，石湖南去接莺湖。
楼舡细雨飞青雀，士女平桥唱白凫。

珠帘春卷海云头，曾贮佳人字莫愁。
今日芳菲销歇尽，断红无主上西楼。

白石曾经传丽句，小红低唱我吹箫。
词人往矣风流在，何处甘泉第四桥。

斜日吴淞散绮霞，汾湖宛转认谁家。
疏香芳雪都成梦，肠断堂前姊妹花。

夜过吴江

[清]蒋士铨

平望镇前寒月明,三更四处棹①歌声。
吴儿②解弄③江南水,夜半垂虹桥下行。

【作品出处】

辑自清王鲲辑《松陵见闻录》。

【作者简介】

蒋士铨(quán)(1725—1785),字心馀、苕生、藁生,号藏园,又号清容居士,晚号定甫。清代著名戏曲家。江西铅山人,祖籍湖州长兴(今浙江长兴)。乾隆二十二年(1757)进士,曾任翰林院编修。作有杂剧、传奇十六种。其诗词与袁枚、赵翼并称"江左三大家",有《忠雅堂全集》《藏园九钟曲》。

【词语解释】

①棹(zhào)歌:船夫行船时所唱的歌。
②吴儿:吴地少年。
③解弄:解,懂得;弄,玩耍,把玩。

【写作背景】

蒋士铨是清代戏曲家,明代吴江产生了以松陵人沈璟为代表的昆曲吴江派。蒋士铨追步汤显祖,同时也谨守吴江派的规矩,又融合诗词的清婉风致,进行戏曲创作。乾隆十二年(1747)十二月,蒋士铨由家乡参加翌年春会试,乘舟溯运河北上夜过吴江,留下本诗。乾隆三十一年(1766),他辞官侨寓南京的翌年又曾经过吴江。乾隆三十三年蒋士铨从绍兴回南京舟过吴江平望镇,作《平望野眺》诗:"三万六千顷,太湖藏此中。逋(bū)逃诸薮接,防御列州同。地回波涛阔,时清盗贼穷。当秋弄渔笛,谁是铁厓翁。"

【阅读链接】

棹 歌

  棹本义船桨，棹歌即指船夫在撑船、划船时候唱的歌，也指渔歌。蒋士铨从平望至松陵，一路有棹歌声声入怀。历史上，垂虹桥畔的棹歌，也曾给诗人带来段段情怀：裴煜《垂虹亭》"帘卷夕阳鸦阵乱，槛凭秋色棹歌还"，释善住《三高祠》"往来不见天随子，落日西风有棹歌"，何歌庵"安得从君理蓑笠，棹歌相迩入烟霏"。

吴江夜泊

［清］钱大昕

但觉云头聚，何时雨脚收。
舟如萍一叶，身似海孤鸥。
岁月惊虚掷①，湖山忆旧游。
垂虹亭外泊，春夜斗②成秋。

【作品出处】

辑自清王鲲辑《松陵见闻录》。

【作者简介】

钱大昕（1728—1804），字晓徵，号辛楣，又号竹汀，晚号潜研老人，江苏嘉定人（今属上海）。乾隆十九年（1754）进士，官至詹事府少詹事。清代史学家、汉学家。乾隆四十年（1775）后主讲钟山、娄东、紫阳等书院。治学颇广，于音韵训诂尤多创见，又长于校勘考订。著有《廿二史考异》《十驾斋养新录》《恒言录》等。钱大昕是18世纪中国最为渊博和专精的学术大师，他在生前就已是饮誉海内的著名学者，王昶、段玉裁、王引之、凌廷堪、阮元、江藩等著名学者都给予他极高的评价，公推钱大昕为"一代儒宗"。

【词语解释】

①虚掷（zhì）：浪费、虚度。
②斗：同"陡"，突然。

【写作背景】

钱大昕在乾隆九年（1744）十五岁时考取秀才，乾隆十四年（1749）入苏州紫阳书院，肄业。早年跟从吴江人沈德潜游学。乾隆五十四年（1789），在阔别三十七年后，钱大昕回到受业之地苏州紫阳书院任院长。他与松陵人沈彤为友，时常切磋学问。《清史稿》记载："大昕幼慧，善读书，时元和惠栋、吴江沈彤以经术称。其求之《十三经注疏》，又求之唐以前子、史、小学。大昕推而广之，错综贯串，发古人所未发。"吴江人顾野王墓碑"陈黄门侍郎顾公之墓",是钱大昕清嘉庆八年时书。他当在苏州时曾夜泊吴江。

【阅读链接】

松陵八景

乾隆十二年（1747），沈彤在《吴江县志》中，将松陵八景定为：具区云涛：具区为太湖的别称。松陵西滨太湖，临湖西望万顷碧波，水天一色，心旷神怡。鲈乡烟雨：松陵别称鲈乡，烟雨松陵遗梦江南，文人骚客诗画吴江。垂虹夜月：夜登垂虹桥，皓月当空，碧水东流，左江右湖，恍若人间蓬莱。塔寺朝阳：垂虹桥畔华严寺，寺内华严塔。旭日露头，寺僧晨起撞钟，钟声与朝晖齐飞。西山爽气：松陵隔东太湖西望便是洞庭东西山。洞庭山为景，映衬在广袤的河湖荡漾中，别处更是难觅。龙湫甘泉：松陵之南石塘上有甘泉桥，又称第四桥。桥下有泉，味最甘，相传唐陆羽所品第四泉。简村远帆：简村在今南厍村范围内，西南均是太湖水面。简村西望，太湖中洞庭诸山，湖畔苇柳丛生，鸥鹭齐飞，湖面上白帆点点。雪滩钓艇：钓雪滩在垂虹桥东北、古吴淞江边，滩地芦蒿丛生，鱼类悠游，是垂钓绝佳处。

吴 江

[清] 翟 灏

垂虹亭畔月，暂照木兰船。
秋老莼鲈①国，霜寒桔柚②天。
鹜③飞烟路阔，人静木花鲜。
缅想三高士④，披吟笠泽篇。

【作品出处】

辑自《松陵见闻录》。

【作者简介】

翟灏（hào）(1736—1788)，清藏书家、学者。字大川，后改字晴江，自号巢翟子。浙江仁和（今浙江杭州）人。乾隆十九年（1754）进士，官金华、衢州府学教授。性嗜读书，自壮至老，撰述不倦，有《四书考异》《无不宜斋诗稿》。

【词语解释】

①莼鲈（chúnlú）：莼菜、鲈鱼。
②桔柚（júyòu）：桔子、柚子（亦称文旦）。
③鹜（wù）：鸭子。
④三高士：指范蠡、张翰、陆龟蒙。

【写作背景】

翟灏为杭州人，曾数次到苏州，杭州至苏州经过吴江，在《无不宜斋诗稿》记有多首写苏州吴江的诗。除本诗外，还有《枫桥夜泊》《虎丘》《莺脰湖》《吴江闻榜歌》等，其中《吴江闻榜歌》也写到垂虹桥："敲舷鼓咙胡，高唱别离曲。那顾曲中人，垂虹亭下泊。"此诗可能是从无锡回杭州时所作，《无不宜斋诗稿》记述此诗时前有《泊洛社》，后有《经南湖不及登烟雨楼》。

【阅读链接】

木兰船

  用木兰树造的船。南朝梁任昉《述异记》卷下:"木兰洲在浔阳江中,多木兰树。昔吴王阖闾植木兰于此,用构宫殿也。七里洲中,有鲁般刻木兰为舟,舟至今在洲中。诗家云木兰舟,出于此。"后常用为船的美称,并非实指木兰木所制。南朝梁刘孝威《采莲曲》:"金桨木兰船,戏采江南莲。"唐贾岛《和韩吏部泛南溪》:"木兰船共山人上,月映渡头零落云。"清纳兰性德《忆江南》词之四:"山水总归诗格秀,笙箫恰称语音圆,谁在木兰船。"

台城路·大雪过太湖

[清] 项鸿祚

　　湖山不醒笙歌梦，离觞①又催南浦。听鼓官津②，听钟野寺，听到垂虹风雨。荷乡未暑，有丁卯同舟，载将诗去。剩我无聊，登高怀远更吟苦。　　横桥③谁念旧侣，城南天尺五，今日韦杜④。鳌禁⑤移家，枢波泛宅，一样年年羁旅⑥。为君细数，算楚尾吴头⑦，倦游重赋。问讯王郎⑧，别来相忆否？

【作品出处】

　　辑自《笠泽词征》。

【作者介绍】

　　项鸿祚（zuò）（1798—1835），清代词人。原名继章，后改名廷纪，字莲生。钱塘（今浙江杭州）人。道光十二年（1832）举人，两应进士试不第，穷愁而卒，年仅三十八岁。家世业盐筴，巨富，至君渐落。鸿祚一生，大似纳兰性德。他与龚自珍同时为"西湖双杰"。其词多表现抑郁、感伤之情，著有《忆云词甲乙丙丁稿》四卷，《补遗》一卷，有光绪癸巳钱塘榆园丛刻本。

【词语解释】

　　①离觞（shāng）：饯行之酒。

　　②津：渡口。

　　③横桥：古桥名。汉时在长安城北渭水上。后泛指桥梁。

　　④"城南"二句：《辛氏三秦记》："城南韦杜，去天尺五。"韦杜：唐时，韦、杜二氏为望族，韦氏所居名韦曲，杜氏所居名杜曲，皆在长安城南，时称韦杜。后因借指高贵门庭。

　　⑤鳌禁：掌文翰的官署名。因设于禁中，故称鳌禁。宋司马光《神宗皇帝挽词》："鳌禁叨承诏，金华待执经。"枢：同"鸥"。泛宅：谓江湖漂泊，以舟为家。《新唐书·张志和传》："颜真卿为湖州刺史，志和来谒，真卿以舟敝漏，请更之。志和曰：愿为浮家泛宅，往来苕、霅间。"

⑥羁(jī)旅：寄居异乡。
⑦楚尾吴头：谓地当吴楚之间。古豫章（今江西省）一带，位于春秋时吴国之上游，楚国之下游，如首尾相接，故称。宋黄庭坚《谒金门戏赠知命》词："山又水，行尽吴头楚尾。"
⑧王郎：即王子若。

【写作背景】

此诗选自《笠泽词征》，前有序："癸未六月，送葛秋生偕许讯岑之吴中，即为秋生题《横桥吟馆图》，兼属访王子若消息，盖图为子若、玉年合作也。"癸未六月即道光六年（1826）六月，项鸿祚送葛秋生、许讯岑至吴中，大雪天过太湖，听鼓官津，听钟野寺，听到垂虹风雨有感而成。《笠泽词征》中同时还录了一首项鸿祚的《木兰花慢·夜过吴江》和孙鼎的《二郎神·次韵和梦窗垂虹桥》。

【阅读链接】

项鸿祚《木兰花慢·夜过吴江》

橹声摇澹月，正人在，洞庭船。望笠泽茫茫，长堤暗柳，曾住词仙。当年俊游记否，唤银箫、吹绿一江烟。剩我诗愁万顷，片帆直上壶天。　　流连玉界琼田清，露下水纹圆。怕酒醒波还，醉魂空恋，第四桥边。凄然五湖旧约，叹鲈乡、信美尚无缘。风外鱼灯几点，夜深凉照鸥眠。

孙鼎《二郎神·次韵和梦窗垂虹桥》

冻云绀合，风乍歇，水平如凝。正客宾逢秋，邻钟催暮，绕汛香鲈钓艇。况值春情兰珊后，怕月瘦、花䐃无定。看缕缕蝶波，迢迢雅阵，暗嗟尘境。　　归兴。湖光潋滟，青山满镜。更竹树新晴，旧红铖在，独向汀洲弄影。塞雁无凭，江潮有信，堤上杨清冷。遥望处，时见流萤，数点未教花螟。

长桥晚眺

[清] 柳树芳

好景须从冷处寻，垂虹钓雪①任行吟。
斜阳善写丹枫影，秋水深知白鹭心。
隔岸钟声才出寺，沿村渔网半遮阴。
松江亭上重怀古，寂寞鱼龙②夜气沉。

【作品出处】

辑自清柳树芳撰《养余斋诗集》。

【作者简介】

柳树芳（1787—1850），字湄生，号古槎，晚号胜溪居士。江苏吴江北厍人。伉爽直谅，与人语意无不尽。多刊先贤遗书。有《养余斋诗集》《分湖小识》等。

【词语解释】

①钓雪：即钓雪滩，在吴江东门外，现已不存。
②寂寞鱼龙：《水经注》："鱼龙以秋冬为夜。"此处指入秋之后，水族潜伏，不在波面活动。

【写作背景】

柳树芳为分湖人，曾多次到过松陵，到过垂虹桥。道光二十二年再浚吴淞江，平湖顾广誉《过斋文集》中记："是役贡生柳树芳尝亲赴工次。"柳树芳《养余斋诗集》中，录有与垂虹桥有关的诗，除《长桥晚眺》外，另有《十八日雨阻吴江舟中夜不能寐感赋》（其中有句："衾（qīn）冷宵深炯勿眠，垂虹桥上暗生烟。"）、《夜泊垂虹桥下留赠周崊亭（嘉福）学博》（其中有句："一袱图画稳称身，兀然留滞此江滨。"）

【阅读链接】

柳氏家风

柳氏家族是分湖地区典型的文学世家，柳亚子被毛泽东称为"人中鳞凤"，与他的家风直接相关。柳树芳是柳亚子的高祖，虽仅为秀才。然而这位秀才在柳氏家族发展史上有着举足轻重的地位，柳亚子尊称其为"大胜柳氏在文坛上的开山祖师"。柳家每一代都出一两个秀才。柳树芳专门刻有一方印章传给子孙，文曰：有福读书。柳亚子的曾祖柳兆薰多次郑重地把印章拿出来，钤成印文，告诉子孙们高祖的期望。柳亚子的名字叫"慰高"，是曾祖父起的。"高"是高祖柳树芳。曾祖父孝思心切，仰体柳树芳守先待后的盛心，希望后辈中能够多出几个人才，至少也要保存书香一脉。于是柳亚子父亲和叔父的名讳是"念曾"与"慕曾"。而柳亚子和堂弟的学名是"慰高"与"冀高"。"慰"是安慰的意思，"冀"是希冀的意思。柳亚子的号叫"安如"，是父亲替他取的，"高而能安"。柳亚子非常珍重搜集的乡邦文献，见存上海图书馆的这些吴江地方抄件、稿本，很多留下他所写的题跋，也是受了高祖、曾祖潜移默化之影响。高祖柳树芳编了《分湖小识》，还为吴江乡史善长刊刻《秋树读书楼诗集》，曾祖柳兆薰著有《〈松陵文录〉作者姓氏、爵里、著述考》，得以弥补《松陵文录》仅列作者姓名而无人物小传之不足，保存了大量吴江地方人物的传记资料。

垂虹亭

[清] 殷兆镛

已别莺湖①又太湖,松陵门外泊菰蒲②。
三千余里客将发,七十二峰③秋可呼。
故国霜凋津树晚,长桥月涌浪花麤④。
狂歌未挈⑤吹箫伴,且擘⑥金柑脍玉鲈。

【作品出处】

辑自清殷兆镛《齐庄中正堂诗钞》。

【作者简介】

殷兆镛(yōng)(1806—1883),字序伯,号谱经,晚号梦庵老人,江苏吴江平望人。道光二十年(1840)进士,历任内阁学士,兵、工、吏、户、礼部侍郎。性清简,有志操,负经世大略。能诗文,工书法。有《齐庄中正堂诗钞》等。

【词语解释】

①莺(yīng)湖:即莺脰湖,位于江苏省苏州市吴江区平望镇。
②菰蒲(gūpú):菰,多年生草本植物,生在浅水里,嫩茎称茭白;蒲,多年生草本植物,生池沼中,高近两米。根茎长在泥里,可食。叶长而尖,可编席、制扇,夏天开黄色花,亦称香蒲。
③七十二峰:太湖中有大小岛屿四十八个,连同沿岸山峰,号称七十二峰。
④麤(cū):同"粗"。
⑤挈(qiè):带,领。
⑥擘(bò):大拇指,这里作动词用。

【写作背景】

殷兆镛是吴江平望人,他将要离开家乡去京城,从平望莺湖来到太湖,船泊松陵东门垂虹桥畔,再一次欣赏垂虹夜月。独自在这里,不能象姜夔一样"小红低唱我吹箫",但能品味米芾的"玉破鲈鱼金破柑,垂虹秋色满东南"的意境。此诗写作日期待考,然在殷兆镛《齐庄中正堂诗钞》诗录有一首他在道光十年(1830)泊舟松陵的诗《二月十二夜泊舟江城口占》。本诗创作年月待考。本诗写的是秋天景色("七十二峰秋可呼""霜凋""金柑"),可知并非道光十年仲春(二月十二日)到松陵所作。

【阅读链接】

清华大学水木清华

清华大学水木清华,实则钟灵毓秀之所,更成为清华园的一大不可或缺的象征。主体景观是工字厅后面的一个荷塘,荷塘之畔垂杨山水之中掩映着一幢秀雅的古建筑,可与颐和园中的谐趣园相比。荷塘南侧的古建筑本为工字厅的后侧,为"水木清华"的正廊,正额"水木清华"四个苍劲的大字,乃清康熙皇帝的御笔。正廊朱柱上悬有殷兆镛的名联:"槛外山光,历春夏秋冬万千变幻,都非凡境;窗中云影,任东西南北去来澹荡,洵是仙居。"有文赞扬:"此联蕴含的胸襟与格局,从容与气度,自强与坚守,是百年清华丰富精神内涵的写照。"

虹桥茶舍

［清］赵彦修

楼中风日晴，江上烟波夕。
酹酒①向垂虹，为吊吹箫客②。

【作品出处】

辑自清周之桢辑《垂虹诗剩》。

【作者简介】

赵彦修（？—约1888），号季梅，江苏丹徒人。道光十九年（1839）举人，官吴江儒学。有《三砚斋诗剩》。

【词语解释】

①酹（lèi）酒：以酒浇地，表示祭奠。古代宴会往往行此仪式。酹，把酒洒在地上表示祭奠或起誓。

②吹箫客：这里指姜夔。姜夔有诗曰："自制新词韵最娇，小红低唱我吹箫。曲终过尽松溪路，回首烟波十四桥。"

【写作背景】

咸丰元年（1851），赵彦修来吴江儒学当教谕，儒学即县学，在松陵东门外，他在吴江交了一批朋友，有松陵诗友诗其咏。他常与朋友有垂虹桥畔的茶楼品茶饮酒，谈诗论学。《虹桥茶舍》就记载了这段生活。本诗有自注："有茶楼在垂虹桥之东。春秋佳日，余与二三友人谈聚是处，左顾垂虹，右顾三高祠及鸭漪、钓雪诸胜，拟价买之。为今思之，犹怦怦也。"

【阅读链接】

吴江县学

北宋大中祥符五年（1012），吴江县修庙学，庆历七年（1047）改庙学为县学，建炎（1127—1130）初毁于兵燹。南宋绍兴年间（1131—1162），知县石公辙在县城东门外开江营旧址重建县学。元元贞二年（1296），吴江县升为州，县学改为州学。明洪武二年（1369），吴江州复为县，州学仍改为县学。嘉靖二十四年（1545），始置学田以供县学经费。清雍正四年（1726），析吴江县偏西地置震泽县，两县县学并设于原县学所在地(今吴江县中学址)。清代，县学每年收庠生二十五名，其中震泽县十二名，吴江县十三名，逢恩广增七名，其中震泽县四名，吴江县三名；附生无定额。清代学校，沿袭明制，各省有府、州、县学，并设学官，"县曰教谕，以训导副之"。

玉带桥诗意图卷　清·徐扬绘

玉带桥诗意图卷（局部）

清代篇

邑宰沈公锡华重建垂虹亭,喜而成此

[清]黄象曦

垂虹景色一亭收,尘劫①荒凉几度秋。
旧制翚②飞标胜概③,新欣鸠筑颂贤侯④。
人间兴废全关运,吾辈登临复此游。
往迹天随何处认,茫茫烟水问沙鸥。

【作品出处】

辑自清周之桢辑《垂虹诗剩》。

【作者简介】

黄象曦(xī)(?—1905),原名焯(zhuō),字亮叔,江苏吴江人。国学生,吴江老宿儒,以布衣终其生,工诗。光绪二十四年(1898)创办启秀义塾,后改名亮叔初等小学。曾增辑明沈启(qǐ)的《吴江水考》,著有《松阴小舍诗存》。家藏图书数百卷为吴江县图书馆首批藏书。

【词语解释】

①尘劫(jié):尘世的劫难。
②翚(huī):有五彩羽毛的雉(zhì)鸟。
③胜概:非常好的风景或环境。
④贤侯:对有德位者的敬称。

【写作背景】

沈锡华(1808—1878),字问梅,浙江海宁人。同治元年(1862)九月初八日代理吴江知县,二年正月补授任。六月十四日,太平军退去,清军程学启(字方忠,安徽桐城人)部队恢复吴江县城,他随之进城。垂虹桥是太湖水东泄的主要出口,此时已是蒿芦丛生,桥拱淤塞。他首先疏浚(jùn)城河和垂虹桥,既利舟楫运输,又有利于泄洪。同治四年(1865),会同震泽知县万青选重建县学大成殿、东西两庑(wǔ)、戟(jǐ)门、棂(líng)星门及乡贤祠、名宦祠。五年,他捐款建垂虹亭。垂虹亭建成,黄象曦十分欣喜，写下了本诗。

【阅读链接】

黄象曦辑《水议考》（节选）

　　长桥一道为出湖入海之咽喉，必长桥通而利吴淞可以无壅（yōng）。昔年长桥之左右一望皆水，而今多淤塞成田。即嘉靖中书所载，东长三百九十二丈，西长二百四十九丈，南阔一进三十四丈，北阔一百丈者，亦不可观矣。其为湖害大可隐忧，比者亦曾疏浚矣。然其时大吏乾没县官金钱而派，其土而反积之江中，致豪民得占以为业，岂不惜哉。惟长桥既浚，吴淞安流而后坝塞之，禁堰闸之防图，田之制得以次第修复，不然则坝可开仍可塞，闸可防仍可废，而围田亦乍圮（pǐ），不足永久矣。

摸鱼儿·自题鲈乡秋色图

[清]郑璜

叹生绡①,曾逃劫火,秋风斜日如昔。三高祠宇相邻近,谁更浮家泛宅。花四壁,好着个圆盦②,坐对烟波白。分鸥一席,正出水鱼肥,经霜蟹大,枫叶夜来赤。　　江乡景,笑我年年抛掷。旧游转眼难觅。垂虹亭下吹箫处,老却江南词客。归不得,展画里青山,相见多惭色。光阴可惜,问何时何月,此中渔隐,长与世情隔。

【作品出处】

郑璜(huáng)撰《海红华馆词钞》。

【作者简介】

郑璜(生卒年不详),字元吉,号瘦山,别号种墨庵主人,晚号赘翁(醉翁?),江苏吴江人。嘉庆十五年(1810)举人。常年客幕。中年后贫穷益甚,以诗词终其生,跌宕自喜,有《海红华馆词钞》《春秋地理今释》。卒年六十一。

【词语解释】

①绡(xiāo):生丝织物。
②盦(ān):古代盛食物的器皿。

【写作背景】

郑璜是吴江同里人,中年后贫益甚,常年客幕,客居山东河帅严烺(lǎng)府时间最长。生平抑郁无聊之况尽发于诗词,诗词缠绵婉笃,极哀愉悱恻之致。他在外思念家乡,绘就了《鲈乡秋色图》,又自题了一首《摸鱼儿》,追忆垂虹秋色,表露了"旧游转眼难觅。""归不得,展画里青山,相见多惭色。"的思乡之情。《海红华馆词钞》录有多首郑璜的题画诗。

【阅读链接】

鲈乡的由来

  吴江松陵有一条引太湖水通过大运河至长江转入东海长约二十里的大河，名为吴淞江（简称松江），因盛产鲈鱼而闻名于世。"吴淞江"上有座垂虹桥，桥面建有垂虹亭，宋及其后几代的文人雅士，慕鲈脍而来吴江，常常登上垂虹桥品鲈脍，饮美酒，赏秋色，陶醉于垂虹亭，诗兴大发时，留下了众多品鲈佳句。如大文学家苏东坡吟道："季鹰真得水中仙，直为鲈鱼也自贤。"大书法家米南宫（米芾）诗云："好作新诗继桑苎，垂虹秋色满东南。"由于他们的赞颂，吴江鲈鱼名声大噪。北宋龙图阁直学士丞相陈尧佐，在他的诗句"扁舟系岸不忍去，秋风斜日鲈鱼乡"中把吴江誉为鲈乡，宋熙宁年间，吴江知县林肇（zhào）筑"鲈乡亭"以志鲈乡其地。

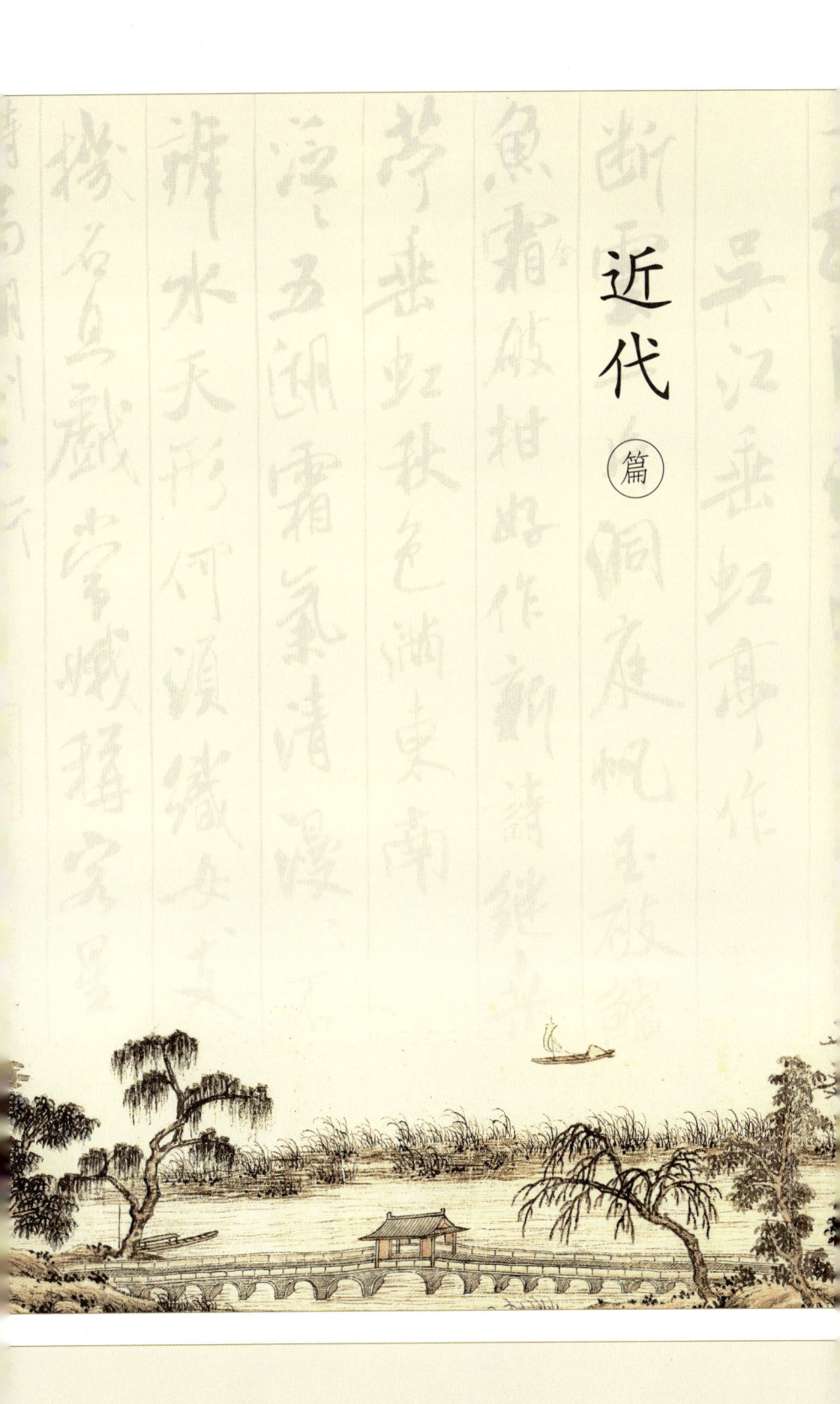

近代 篇

忆旧游

[近代] 樊增祥

甚䌽波松雨,白石仙人①,又到垂虹。系缆桥亭畔,正栖鸦病柳,瘦倚西风。万顷具区烟水,残照湿濛濛。问素袜明珰②,采香泾里③,底处④相逢。　　绝代填词手,向水云深处,凭吊遗踪。寂寞吴江路,念楚骚谁续,霜陨兰丛。为问米船图画⑤,淡墨是何峰。且笛谱重翻,悽悽冷烛双泪红。

【作品出处】

辑自樊增祥《樊山全书》。

【作者简介】

樊增祥(1846—1931)字嘉父,号云门,别字樊山、天琴,别署天琴居士、武威樊嘉等,晚年自署天琴老人,湖北省恩施人。光绪三年进士,清末官江宁布政使,累官署理两江总督、北京国民政府参政院参政。曾师事李慈铭。近代诗人、文学家、藏书家、书法家,著有《樊山全集》。

【词语解释】

①白石仙人:指姜夔。姜夔(kuí)(1154—1221),字尧章,号白石道人,饶州鄱阳人,南宋文学家、音乐家。
②珰(dāng):女性耳垂上闪亮的装饰品。
③采香泾:在今苏州吴中区胥口镇太湖之滨的采香泾村。
④底处:何处。
⑤米船图画:北宋书画家米芾,常乘舟载书画游览江湖,后常以"米家船"借指书画。

【写作背景】

艺风老人缪荃孙两泊垂虹桥下,有感于清代词人蒋鹿潭自尽垂虹桥畔的惨事,拈《忆旧游》调作词,并作《垂虹感旧图》属朋友题诗。樊增祥雨夜拔图,即同其调,题写了此词。蒋鹿潭丢官后，相遇了后来也成为晚清著名词家的杜小舫。五十岁多时，一生漂泊孤苦伶仃的蒋鹿潭遇到了歌女黄婉君一见倾心。杜小舫尽朋友之谊，将黄婉君赎身后转赠于蒋鹿潭。蒋鹿潭将黄婉君带回了泰州家中，两人泛舟水上，蒋鹿潭写词，黄婉君歌唱，情投意合。后来因为家中贫故，黄婉君不安于室，蒋鹿潭十分气愤，就到苏州去拜访杜小舫，想找杜小舫接济点银两。当时，杜小舫刚任代理按察使，公务繁忙，未能顾及他，没有时间陪他。蒋鹿潭心中不悦离开了苏州。第二天，雪纷纷扬扬的又下了起来，船缓缓地离开了苏州城到了松陵垂虹桥，夜晚降临，蒋鹿潭默默地立在船头，良久良久。然后，钻进船舱，从包袱里摸出纸墨，迅速写下了一首词，吹灭蜡烛重新钻出船舱，望着漫天飞雪，从怀里掏出白天在苏州买的药末倒进嘴里，魂归了西天。后来是船家找到了杜小舫，杜小舫将蒋鹿潭的灵柩送归泰州，黄婉君闻知了蒋鹿潭的死讯后，用一根白绫将自己悬在了蒋鹿潭的灵柩旁。本词下半阕专悼蒋鹿潭。

【阅读链接】

同光派

樊增祥为"同光派"的重要诗人。"同光派"为晚清重要的诗歌流派之一。同光派主张以学宋为主，即称"不墨守盛唐"，而不以宗宋自限。称"同光"乃出于标榜，以上承道光、咸丰以来的宋诗传统自居，其实"同"字所指同治并无着落，改为"光宣"更切实际，这派诗人的创作多始于光绪中叶以降，故同光体即是指称光绪、宣统以至民国后的宋诗派。同光派诗人中以陈三立成就最高，沈曾植、郑孝胥、陈衍等为重要成员。同光派所形成的诗体成为"同光体"。

点绛唇·题缪筱珊①垂虹感旧图，盖为蒋鹿潭②作也

[近代] 吴昌绶

一曲垂虹，顿成千古伤心地。灵均③怨思，秖托微波寄。　旧梦松陵，曾共双桡舣④。回望里，水云无际，枉费词人泪。

【作品出处】

辑自吴昌绶《松邻遗词》。

【作者简介】

吴昌绶（约1867—？）字伯宛，一字印臣、印丞，号甘遯，晚号松邻，浙江仁和（今杭州）人，吴焯后裔。光绪二十三年举人，官内阁中书。入民国后，任北洋政府司法部秘书。近代藏书家、金石学家。

【词语解释】

①缪筱珊：即缪荃孙，字炎之，又字筱珊，晚号艺风老人，江苏江阴人，近代藏书家。
②蒋鹿潭：即蒋春霖，江苏江阴人，咸同年间词人。
③灵均：即屈原。
④双桡舣：两支桨划船。桡（ráo），桨，楫；舣（yǐ），使船靠岸。

【写作背景】

创作背景同上。缪荃孙作了《垂虹感旧图》，属朋友题诗，同为好友的吴昌绶就题了这首词，进一步阐明缪荃孙的作画意图。

【阅读链接】

藏书家、金石学家、刻书家吴昌绶

吴昌绶，1915年刻印过影刊宋、金、元、明旧本《双照楼词》十四种；1917年辑《松邻丛书》二十种，1922年辑刻过宋、元、明、清著作，以刻印精良为世所重，且多是名人文集诗词。编印有《宋金元词集现存卷目》，收录宋元间主要词集一百九十七家，是研究宋元词曲的重要书目文献之一。所藏宋、元、明本古籍颇多，近代藏书家叶景葵，购得他出售的明刊旧抄就达四十余种。藏书印有"仁和吴昌绶伯宛父印""双照楼校写本"等。

吴昌绶读书贯串，精目录金石之学，诗词笺奏，涉笔皆工。少时随宦侨吴，为黄子寿方伯所奇赏。及居京师，以食字自给，未尝一干要津。辛亥后究心掌故，仿谈孺木《国榷》义例，辑成四考。重修顾祠，躬亲其事。刻《松邻丛书》《宋元明词十六家》《墨说》。殁（mò）后葬西山大觉寺塔院。遗嘱次第刊行。妇陈，女蕊圆适海宁陈氏，并娴词翰。著《松邻遗词》《双照楼影刊宋元明清词》《吴郡通典备稿》等，顾廷龙辑有《定庵先生年谱》《吴伯宛先生遗墨》。其中《松邻遗集》，也是傅增湘等人在他身后编刻的，当年仅刷印红印本数十本，传世极罕。

20世纪30年代的垂虹桥

百字令·松陵道中次韵勖①迟儿

[近代] 沈昌眉

布帆无恙，望垂虹亭外，去留随意。万里长风吹不断，一舸好浮天际。鸡口②余生，蝇头③微禄，琐琐④何曾计。笑它鸿雁来宾，只傍湖水。　　回首一束生刍⑤，遐心⑥才动，空谷驹⑦先系。海上仙山来往熟，只待霞蒸云起。小住为佳，欲行且止。初服犹能緅，深情密约，先生从此休矣。

【作品出处】

辑自《吴江沈氏长次二公剩稿》。

【作者简介】

沈昌眉（1872—1932）字昂青，眉若，号长公，吴江芦墟人。曾任教黎里小学、吴江乡村师范。著有《长公吟草》《吴江沈氏长次二公剩稿》。

【词语解释】

①勖（xù）：勉励。
②鸡口：鸡喙，常以喻低微而安宁的地位。
③蝇头：比喻微小的名利。
④琐琐：形容细小。
⑤一束生刍：典出《诗·小雅·白驹》："生刍一束，其人如玉。"生刍，鲜草。后有礼贤敬贤的意思。
⑥遐心：避世隐居之心。
⑦空谷驹：即"白驹空谷"，比喻贤能之人在野而不能出仕。

【写作背景】

1922年，苏州第一师范开设吴江分校，委任唐闻生为主任，培养师资以普及教育。唐闻生聘请沈昌眉作助手，请他协同开办在职教员培训班，他就寓居松陵。他与松陵周麟书是好朋友。周麟书搜得象笏（hù）一百五十余种，沈昌眉见后曾作有《周迦陵招饮传笏堂,出示先德遗制百五六十种,琳琅满目,蔚然大观,赋此纪盛》,当时有文人墨客也都纷纷作诗填词予以赞叹,成为轰动一时的吴江盛事。吴江师范当时就在松陵垂虹桥畔,那时沈昌眉当常登垂虹桥。

【阅读链接】

高阳台

[近代] 沈昌眉

庚戌上巳后六日,亚子自魏塘归来,道出芦中,阻风雨留泊。醉后赋此奉赠。

两桨烟波,一床书画,倦游人倚孤舟。十里分湖,长天秋水同浮。东风不与周郎便、误归期、停泊芦洲。蓦相逢,只道寒暄,不道离愁。

酒香茶熟人来候,况数年阔别,小作勾留。醉月飞觞,歌呼声彻高楼。奇缘萍水无端合,尽连床、共话难休。且商量,文社因缘,诗社风流。

题巢南①拜汲楼诗集②

［近代］朱锡梁

璧水③盟心久，琼章④入手新。
厓山⑤风雨夜，歇浦⑥燕莺春。
爱国缘多难，论交最率真。
垂虹亭畔路，高咏有斯人。

【作品出处】

辑自《南社丛刻》。

【作者简介】

朱锡梁（1873—1932），字梁任，号君仇，又号夬膏，吴县（今苏州）人。早年留学日本，在东京弘文学院速成科学习。南社社员，编辑《商务报》《民国新闻报》及苏州《正大日报》，后任南京东南大学、苏州美术专科学校教授，兼中央古物保管委员会江苏分会委员。1932年，参加甪直唐塑罗汉古物馆的开幕典礼，中途舟覆遇难。著有《草书探原》《词律补体》等，惜已散失。

【词语解释】

①巢南：即陈去病。
②拜汲楼诗集：陈去病崇拜汉代名臣汲黯，故取笔名"拜汲"，又把周庄老宅的书斋命名为"拜汲楼"。
③璧水：原指古代的太学，后泛指读书讲学之处。
④琼章：诗文的美称。
⑤厓山：山名，又名厓门山。在广东新会县南大海中。与汤瓶嘴对峙如门，形势险要。宋绍兴时置厓山寨，为扼守南海门户。南宋末为抗元最后据点，陆秀夫负帝昺投海于此。
⑥歇浦：即黄歇浦，指上海。

【写作背景】

　　1901年，陈云病将二十八岁以前所作之诗，辑为《拜汲楼诗稿》，即《拜汲楼诗集》，朱锡梁为之题诗。朱锡梁与陈去病是好友，陈去病与柳亚子、高天梅发起成立南社，朱锡梁也是1909年11月13日参加成立大会的十七位首批社员之一。1942年，朱锡梁与儿子朱世隆去甪直参加唐塑罗汉古物馆的开幕典礼，中途舟覆，父子一同遇难，陈去病与柳亚子等为之治丧，葬于吴县藏书穹窿山。陈去病自小熟悉汉代人物，武将崇敬霍去病，文臣敬仰汲黯（jiǎn），于是改名去病，用笔名"拜汲"，居处名"拜汲楼"。《拜汲楼诗稿》一直没有付梓出版，而且没有很好收藏。陈炯明叛变，陈去病离开广州时将诗稿遗失。后由他女儿陈绵祥陆续收集旧稿，以《东集》编入《浩歌堂诗钞》。

【阅读链接】

汲　黯

　　汲黯（前？—前112）字长孺，濮阳（今河南濮阳）人，西汉名臣。历景帝、武帝两朝，有政绩。汲黯为人耿直，好直谏廷诤，汉武帝刘彻称其为"社稷之臣"。主张与匈奴和亲，后犯小罪免官，出为淮阳太守，卒于任上。

悯 农

[近代] 金松岑

八月二十四日雨,至十月五日止,田庐尽淹,禾稻生耳,自道光己西①以来未有之灾也,嗟我农夫,何以卒岁

漏天沈沈②雨脚直,湖神夜半叩我室。
晓看湖云万片低,雪浪蛟鼍③翻广泽。
今年农夫告大有,底事秋霖忽淫溢④。
禾稼垂头根烂死,长穗多供雁鸭食。
水中捞泥作堤埂,日暮归来脚肿湿。
惊蛇入户鱼生灶,瓮无馀粮爨乏棘⑤。
我家门巷势最高,水过湖心捣衣石。
支离庭菊开数丛,螃蟹虽肥不忍吃。
米贵便须禁酿酒,岁晚恐难补种麦。
一雨四旬方开霁,水土何由分壑宅⑥。
垂虹桥下波瀰瀰⑦,寒菜荒畦试种植。
嗟尔⑧流亡曷暂归,鸦阵西风晚来急。

【作品出处】

辑自《天放楼诗文集》。

【作者简介】

金松岑(1874—1947),原名懋基,又名天翮、天羽,号壮游、鹤望,笔名金一、爱自由者,自署天放楼主人,江苏省吴江同里人,晚清民国时期的国学大师。入民国后,曾任江南水利局长。晚年在苏州创立国学会,从事讲学。著有《天放楼诗集》《天放楼文言》《鹤舫中年政论》《孤根集》《皖志列传》《词林撷隽》《孽海花》(前六回)等,后人辑录有《天放楼诗文集》。

【词语解释】

①道光己酉：公元1849年。
②沈沈：即沉沉。
③蛟鼌（cháo）：蛟，古代传说中一种能发洪水的似龙之物；鼌，似龟之物。
④淫溢：大水泛滥。
⑤爨（cuàn）乏棘：灶中缺少柴。
⑥壑宅：深沟和住房。
⑦瀰瀰（mí）：水满貌。
⑧嗟尔：嗟，放在句首，与"尔"连用，表叹惋之辞。

【写作背景】

宣统元年，公元1909年，夏秋之间吴江大水，金松岑作古风纪实，深表关切农事、忧虑民生之情。

【阅读链接】

金松岑与天放楼

从同里富观桥北堍往北行，行不多远，就到同里中学原校址了。天放楼便坐落在里面的一个花园里。

天放楼因同里籍清末民初著名学者、教育家金松岑而闻名。金松岑，原名懋基，又名天翮（hé）、天羽，号壮游、鹤望，笔名金一、天放楼主人，生于1874年，卒于1947年。他早年与蔡元培、章太炎、邹容相从游，抵掌论革命，资助邹容出版《革命军》，翻译出版《三十三年落花梦》等书籍，宣传孙中山的革命活动。金松岑一生著述宏富，有《天放楼诗集》《天放楼文言》《鹤舫中年政论》《孤根集》《皖志列传》等。清末著名长篇小说《孽海花》的前六回也出自他之手。据说，当时金松岑为何不将此书写下去，而叫曾朴续写，除了诸事繁忙这个原因外，与那个年代小说还未登大雅之堂，犯不着花费太多的精力去为之有关。天放楼是金松岑于上世纪初创设的"同川自治学社"（后改为同川公学）的旧址。"天放"一词出自《庄子·马蹄》："一而不党，命曰天放。"具有放任自然、特立独行的意思。天放楼最初设在章家浜"大夫第"内的务滋堂，这大夫第原为章氏旧宅，清康熙年间由金松岑祖上购得。1902年春，金松岑参加由蔡元培发起、组织的中国教育会，并担任同里支部负责人，接着创办了"同川自治学社"，社址就设在金松岑的寓所。翌年，金松岑应蔡元培的邀请到上海爱国学社执教，但不久因《苏报》案，学社被封而返还同里。回来后，他按照爱国学社的模式，对自治学社的学制、课程设置等作了较大的调整，增设了理化、音乐、军事等课程，又开办理化、音乐传习所，这样，原址已不能适用，于是，迁至同川书院旧址。书院东北角有一座木楼，"天放楼"的匾额移挂在了这座楼上。抗战期间，学校被日伪军占为营房，校舍遭到极大破坏，天放楼则被毁成一堆瓦砾。抗战胜利后，学校复课，在原楼对面的废墟上重建办公楼，时为1948年8月，正值金松岑逝世不久，为纪念他，便将该楼命名为"天放楼"。中华人民共和国成立后，学校改名为同里中学。1997年，有关部门对天放楼作了修缮，与北侧的红楼一起被列为吴江市文物保护单位，现为苏州市文物保护单位。

　　走进花园，只见绿草似茵，樟树如盖，棕榈葱郁，修竹青翠，玉兰飘香。天放楼在园的右前侧，为三楼三底，坐西朝东，粉墙黛瓦，褐色门窗，正门左侧墙壁上镶嵌着一块大理石碑，上书"天放楼"三个大字，下款为"民国三十七年八月门人金祖谦谨题"，正门口外砌置着一个方形门廊，迈入里边，见门上方新挂着一块"金松岑先生纪念室"横匾，由时年九十五岁的国学大师钱仲联先生于2002年新春题署。原来，这一年的2月，同里中学以天放楼为基地，筹建了金松岑先生纪念室。该纪念室的底楼部分主要介绍金松岑的生平事迹，并展出一些当年的纪念性实物，另辟有一间当年金松岑的书屋，二楼部分主要介绍金松岑的著作，另展出一些当年同川学友纪念金松岑的书法作品。

独步垂虹亭望积雪并追怀顾雪滩①诸先哲

[近代] 陈去病

一夕朔风紧,大雪纷如埃。
琼英满郊坰②,照地清光来。
放步出东郭,纵望开我怀。
踟蹰③上垂虹,恍惚登瑶台。
孤塔耸云表,危矶临水隈。
群鸦竞乱飞,入暮林未归。
噪寒哑不声,拍翅重徘徊。
缅怀钓雪人,一去今未回。
亭空逼寒气,桥横余莓苔④。
淼淼⑤松江流,咽塞久不开。
宁关节寒沍⑥,萑蒲⑦成阜堆⑧。
忆昔承平时,风雅多雄恢⑨。
斗大松陵城,而有天下才。
此间足胜游,清酒时一杯。
雪拥雪滩叟,钓雪盈琼瑰⑩。
于时良⑪不远,兴衰遽⑫递催⑬。
遗献⑭半沦丧⑮,一白无根荄⑯。
临风发浩叹⑰,悲壮声如雷。

【作品出处】

辑自《陈去病诗文集》。

【作者简介】

陈去病（1874—1933），原名庆林，字佩忍，江苏吴江同里人。南社创始人之一。早年参加同盟会，追随孙中山先生。1923年担任国立东南大学教授，1928年后曾任江苏革命博物馆馆长、大学院古物保管委员会江苏分会主任委员。有《浩歌堂诗钞》。后人辑有《陈去病全集》。

【词语解释】

①顾雪滩：即顾有孝（1619—1689），字茂伦，家住松陵垂虹桥塊钓雪滩，故号雪滩钓叟，江苏吴江人，明末诸生。
②郊坰（jiōng）：泛指郊外。
③踟（chí）躇（chú）：徘徊不前的样子。
④莓（méi）苔（tái）：青苔。
⑤淼（miǎo）淼：水势浩大的样子。
⑥寒沍（hù）：因冷冻结。
⑦萑（huán）蒲（pú）：两种芦类植物。
⑧阜堆：土堆。
⑨雄恢：魁梧。
⑩琼瑰：次于玉的美石，泛指珠玉。
⑪良：诚然，的确。
⑫遽：急速、仓猝、匆忙。
⑬递嬗：顺着次序变化。
⑭遗献：前朝留下的文献。
⑮沦丧：沦没丧亡。
⑯根荄：亦作"根垓""根核"，植物的根。
⑰浩叹：感慨深长而大声叹息。

【写作背景】

1898年9月21日，西太后慈禧发动政变，光绪皇帝被囚，康有为逃往日本，谭嗣同等六君子死难。这突如其来的消息，给中国大地笼罩了阴影。赞同维新的人士，仿佛失去了主心骨。陈去病心情日益沉重。1899年冬，陈去病游历垂虹桥东塊的钓雪滩，当时大雪洒满了郊野。陈去病信步走出东门城墙，走上了垂虹亭。当时是在国之将亡的时代，陈去病是在冰天雪地之中独自一人步上垂虹亭的，映入他眼帘的，却是歪斜的华严塔。从眼前的雪景，陈去病想到了曾居住在这里的清朝诗人顾雪滩，一股悲愤之情油然而生。

【阅读链接】

顾有孝

顾有孝是晚明时期吴江的名士，在明亡以后，他焚弃儒衣冠。康熙十七年，举博学鸿儒，不就，以选诗为事。与顾樵、徐介白、俞无殊、周安节称莫逆交，有"穷孟尝"之称。临去世，他命学生以头陀礼葬殓，因更号"雪滩头陀"。

20 世纪 50 年代的垂虹桥

鹧鸪天

[近代] 陈曾寿

偏爱沉吟白石词①,只缘魂梦惯幽栖。扁舟一片长桥②影,依约眉山③压鬓低。　　无限好,付将谁。漫云别久不成悲。思量旧月梅花院④,任是忘情也泪垂。

【作品出处】

辑自陈曾寿《苍虬阁诗集》。

【作者简介】

陈曾寿(1878—1949)字仁先,号耐寂、复志、焦庵,家藏元代吴镇所画《苍虬图》,因以名阁,自称苍虬居士,湖北蕲水县(今浠水县)人,状元陈沆曾孙。光绪二十九年进士,官至都察院广东监察御史,入民国,筑室杭州小南湖,以遗老自居,后曾参与张勋复辟、伪满组织等。书学苏东坡,画学宋元人。其诗工写景,能自造境界,是近代宋派诗的后起名家,与陈三立、陈衍齐名,时称"海内三陈"。

【词语解释】

①白石词:指南宋姜夔所撰之词,收录于《白石词集》。
②长桥:垂虹桥的别称。
③眉山:形容女子秀丽的双眉,此处以眉山比喻垂虹桥影。
④旧月梅花:语出宋代姜夔的《暗香·旧时月色》"旧时月色,算几番照我,梅边吹笛?"

【写作背景】

民国建立后,陈曾寿筑室杭州小南湖,以遗老自居。他与苏州著名画家朱镜波是朋友,冯超然在1929年曾为朱镜波作"月波楼图"一卷,后即请陈曾寿和任堇、褚德彝、高振霄、刘未林、方还等唱和题跋。陈曾寿曾到苏州怡园与文人雅集,有《徵招三月廿四日,同彊村、夷叔、翦庵、子玉、惕斋及寥志二弟,集苏州怡园》诗。陈曾寿对姜白石的《过垂虹》诗情有独钟,他写有《石湖仙·题石帚集》:"垂虹春缆。正云雪凄迷，低唱箫畔。倾倒石湖仙，赠轻盈、流传事艳。闲情微寄，可抵得、此生幽怨。魂断。想佩环、万里天远。江鸥旧盟好在，感侵寻、羁游已倦。水剩山残，一代飘零词卷。伴影阑干，忆人庭院。梦中都换。烟柳黯。西湖付与谁管。"载《烟沽渔唱》卷四第六十九集。与陈曾寿同调酬唱之作有十一人。《石帚集》即姜白石（姜夔）的集子。姜白石的《过垂虹》诗是垂虹诗中的名篇，影响深远。《鹧鸪天》以垂虹起首，"偏爱沉吟白石词，只缘魂梦惯幽栖。"与《石湖仙·题石帚集》是同一意境。

【阅读链接】

鹧鸪天

　　鹧鸪天，词牌名，唐人郑嵎诗"春游鸡鹿塞，家在鹧鸪天"，调名取此，鹧鸪，鸟名，形似母鸡，头如鹑，胸前有白圆点如珍珠，背毛有紫赤浪纹。俗象其鸣声曰"行不得也哥哥"。又名"思佳客""思越人""醉梅花""半死梧""剪朝霞"等。定格为晏几道《鹧鸪天·彩袖殷勤捧玉钟》，此调双调五十五字，前段四句三平韵，后段五句三平韵。代表作有苏轼《鹧鸪天·林断山明竹隐墙》等。

清平乐

[近代] 沈尹默

灞陵①风色，柳眼②欺人白。随处相逢随处别，梦断吴江烟月。　门前一带长桥③，隔花何处吹箫？尽有送人④双泪，廿年流尽江潮。

【作品出处】

辑自《沈尹默诗词集》。

【作者简介】

沈尹默（1883—1971），原名君默，后改尹默，字中、秋明，号君墨，别号鬼谷子。浙江湖州人，生于陕西兴安府汉阴。近代著名学者、诗人、书法家、教育家。早年留学日本，后任北京大学教授、北平大学校长、辅仁大学教授，《新青年》杂志编委。1949 年后，历任中央文史馆副馆长、上海市人民委员会委员、第三届全国人大代表等职务。

【词语解释】

①灞陵：古地名。本作霸陵。故址在今陕西省西安市东。汉文帝葬于此，故称。三国魏改名霸城，北周建德二年废。

②柳眼：早春初生的柳叶如人睡眼初展，因名。

③长桥：见上阕注。

④送人：吴中旧俗，送别苏州南行客人，至垂虹桥折柳分别。

【写作背景】

沈尹默是浙江吴兴人，曾在浙江官立两级师范学堂、杭州府中学堂任教，加入吴江人陈去病、柳亚子发起成立的反清革命文学团体南社。沈尹默于 1947 年深秋曾作《苏州纪游》，起首："杭州游罢又吴城，不负清秋日日晴……"他何时到过垂虹桥无考，但垂虹桥在他脑海里印象深刻。他成长于陕西汉阴，《清平乐》词中他由灞陵一带的景色，联想到吴江垂虹桥，借此抒发一种离别的情愫和思乡的情感。

【阅读链接】

沈尹默书法

沈尹默作为中国 20 世纪一个著名的学者、诗人、教授、校长,同时,也是 20 世纪最重要的书法家。沈尹默先生的书法以"二王"体系为本体,又具兼具时代性,是一种融古烁今、妍美流畅的经典书风。沈尹默在笔法、笔势、笔意等书学理论上同样有精深的造诣,撰写了一系列的书法论稿。他从微观的角度对书法艺术及其技法进行探索,建立了独特的沈尹默书法体系。他把笔法问题讲解清楚通透,对现代教育体制中的书法研究、书法教育、书法普及做出了重大贡献。

吴 门①

[近代] 苏曼殊

平原落日马萧萧,剩有山僧赋《大招》②。
最是令人凄绝处,垂虹亭畔柳波桥③。

【作品出处】

辑自《苏曼殊文集》。

【作者简介】

苏曼殊(1884—1918),原名戬,字子谷,学名元瑛(亦作玄瑛),法名博经,法号曼殊,笔名印禅、苏湜。广东香山县(今中山)人,生于日本横滨。归国后削发为僧,号曼殊。曾任报刊翻译及学校教师。与章炳麟、柳亚子等人交游。近代作家、诗人、翻译家,南社社员。能诗擅画,通晓汉文、日文、英文、梵文等多种文字。在诗歌、小说等多种领域皆取得了成就,后人将其著作编成《曼殊全集》《苏曼殊文集》。

【词语解释】

①吴门:即苏州。
②《大招》:《楚辞》篇名。
③柳波桥:指垂虹桥,因桥身三起三伏,状若柳浪。

【写作背景】

1912年岁暮,苏曼殊任安徽高等学堂教授,与同事吴江盛泽人郑桐荪(sūn)关系密切。此后,苏曼殊曾三访盛泽,住在郑桐家里。第一次是1912年冬天,由上海转道嘉兴乘船到盛泽的。第二次是1913年3月,11日到苏州,从苏州到盛泽,这一次,苏曼殊在盛泽住了半个多月,主要是编《汉英辞典》《英汉辞典》。第三次是1913年6月初。他住的日子最多,长达二十来天。在盛泽,苏曼殊游览了四周的胜迹,触发了他的怀古伤今之情,创作十一首组诗《吴门》,描写的是从盛泽到苏州的情景,其中第九首就是这首写垂虹桥的。苏曼殊为南社社员,这组诗后来发表于1914年5月《南社》第九集。

【阅读链接】

苏曼殊故居

　　苏曼殊故居位于珠海市前山镇沥溪村苏家巷内。原是他祖父苏瑞文所建，为青砖土木结构小平房，面积四十多平方米。苏曼殊生于日本，六岁至十三岁时，返故里就读于简氏宗祠，深得启蒙老师苏若泉的钟爱。1984年，苏曼殊故居曾作为侨房维修过。1986年被列为珠海市文物保护单位。

1935年前的垂虹桥

次巢南吴门阻雪韵

［近代］柳亚子

银海琼楼汗漫^①过，玉龙鳞甲蜕如何。
披帷望远天都白，借酒浇愁面易酡^②。
林下风流才女絮^③，淮西战血^④健儿戈。
何当十四桥^⑤头去，蓑笠垂虹有棹歌。

【作品出处】

录自柳亚子《磨剑室诗词集》。

【作者简介】

柳亚子（1887—1958），本名慰高，号安如，改字人权，号亚庐，再改名弃疾，字稼轩，号亚子，江苏吴江黎里人。南社创始人之一，是南社的主要实际领导者，数次当选为社长，是南社的代表诗人。辛亥革命后，曾任孙中山总统府秘书，中国国民党中央监察委员、上海通志馆馆长，中国国民党革命委员会中央常务委员兼监察委员会主席、三民主义同志联合会中央常务理事，中国民主同盟中央执行委员。1949年，出席中国人民政治协商会议第一届全体会议，任中央人民政府委员、全国人大常委会委员。有《磨剑室文集》《磨剑室诗集》《磨剑室词集》等。

【词语解释】

①汗漫：漫无边际。
②酡（tuó）：饮酒后脸色泛红。
③才女絮：用东晋才女谢道韫咏絮的典故，形容女子有才华。
④淮西战血：唐宪宗元和十二年平定淮西藩镇吴元济，此役最为人称道的是，将军李愬因天大雪，率军连夜疾驰一百二十里，突袭蔡州，生擒吴元济。
⑤十四桥：用姜夔过垂虹的典故，即"回首烟波十四桥"。

【创作背景】

柳亚子与陈去病在1902年春天相识于松陵镇。1921年8月份,陈去病从广东返乡,11月6日,柳亚子与陈去病等人又到了西塘,西塘社友便在乐国酒家设宴招待,赋诗很多,有《乐国吟》集。这段时期,柳亚子与陈去病唱和诗也很多。《磨剑室诗词集》中录有:《乐天吟,次巢南韵》《情天两首,次巢南韵》《次巢南重过乐天韵》《次巢南归自蚬江赠桐君韵》《次巢南明日重赠桐君韵阒寂,二首》《次巢南韵》《次巢南冒雪过严扇韵》等,《次巢南吴门阻雪韵》是其中之一。本诗一题两首,写垂虹桥的为第二首,第一首写了苏州。柳亚子曾写有《沁园春·寿巢南三纪初度之一》词,词中感叹了垂虹景区的荒芜:"钓雪滩荒,垂虹亭圮,文献枌榆次第收,多情甚,便雕虫小技。"

【阅读链接】

柳亚子旧居的磨剑室

柳亚子生前的书斋"磨剑室",在黎里古镇柳亚子旧居第五进东侧。柳亚子的诗集、词集和文集都是以此室来命名,斋内陈列着柳亚子当年用过的书桌、书橱、书架等物,墙上悬挂着一副由当年南社社员傅钝根书赠给柳亚子的对联:"青兕(sì)后身辛弃疾;红牙今世柳屯田。"上联切合柳亚子的名(柳亚子初名慰高,因仰慕宋代豪放派词人辛弃疾,改名为"弃疾",并以辛弃疾的别号"青兕"为笔名),下联则切合柳亚子的姓(柳屯田指柳永)。

东郊偶成

［近代］周麟书

垂虹亭外春波漫，钓雪滩前夕照斜。
江上何人吹玉笛，东风一夜落梅花。

【作品出处】

辑自《笏园诗钞》。

【作者简介】

周麟书（1888—1943），字嘉林，号迦陵，周用十三世裔孙，江苏吴江松陵人。毕业于苏州府中学校。民国时期曾任吴江中学、吴江乡村师范教职。南社社员。著有《笏园诗钞》《嘉林诗存》《周嘉林诗稿》等。

【创作背景】

周麟书，松陵镇人，南社社员，1927年在同为南社社员的李根源处得到祖上的象笏，在松陵镇筑屋，堂屋将成，李根源题写了"传笏堂"匾额，金松岑作了一篇《作堂记》，周迦陵又请名家绘制了一幅《还笏图》中堂。他曾历任吴江中、小学校长，吴江乡村师范学校教师。当时的吴江师范就在垂虹桥畔，他当常游垂虹桥，登垂虹亭。

【阅读链接】

点绛唇·落梅

［近代］周麟书

香雪空濛，霎时化作沾泥絮。高楼延伫，肠断天涯树。　　笛倚江城，谱出相思句。斜阳暮，凄风寒雨，春色归何处。

车过苏州作

[近代]姚鹓雏

烟凝远岫①雨涵空,风物江南自不同。
万项湖光②鸥灭没,何人吹笛过垂虹。

【作品出处】

辑自《姚鹓雏文集(诗词卷)》。

【作者简介】

姚鹓雏(1892—1954),原名锡钧,字雄伯,笔名龙公,江苏松江县(今上海市松江区)人。南社社员。历主太平洋报、民国日报等笔政。1949年后,受聘为上海文史馆馆员。旋由松江专区领导推荐,出任松江县副县长。著有《榆眉室文存》《鹓雏杂著》《止观室诗话》等,后人辑录有《姚鹓雏文集》。

【词语解释】

①岫（xiù）：山。
②湖：指太湖。

【创作背景】

本诗是姚鹓雏从上海到南京经过苏州而作，《姚鹓雏诗词集》中记此诗作于1946年至1949年间，此诗前有《沪宁车中寄刘禺老，兼似伯欣居士》诗。此前，他当到过吴江垂虹桥。

【阅读链接】

早年姚鹓雏

姚鹓雏幼时迟钝，读书常不熟。至十三、四岁开窍，下笔千言立就；应童子试，得第一名。入松江府中学堂，博闻强记，好学不倦。毕业时，松江府知府戚扬亲临监考，于国文试场见其再取试卷，问其故，答以文章未完，须续写。戚扬阅其卷，大为称赏。毕业后，拟投考京师大学堂，其父不许，要他习商。戚扬就以"父母在，不远游"为题以试。鹓雏援笔即成，却于题外"游必有方"加以发挥。戚扬认为才气横溢，宜予深造，力助其行。

民国四年（1915）的垂虹桥

清平乐·长桥玩月图

[近代] 吴湖帆

齐云楼蒻①,千古伤心绝。烟树吴宫那堪说,斜照犹还明灭。　莫恨金粉无踪,残霸②先消梦中。惟有长桥明月,依旧秋水垂虹。

【作品出处】

辑自《佞宋词痕》。

【作者简介】

吴湖帆(1894—1968),初名翼燕,字遹骏,后更名万,字东庄,又名倩,别署丑簃,号倩庵,书画署名湖帆,江苏苏州人,吴大澂嗣孙。民国画坛上与吴待秋、吴子深、冯超然并称为"三吴一冯"。中华人民共和国成立后,任上海中国画院筹备委员、画师,上海大学美术学院副教授,中国美术家协会上海分会副主席、上海市文史馆馆员、上海市文物保管委员会委员。著有《佞宋词痕》《吴湖帆书画集》等。

【词语解释】

①蒻(ruò):烧。
②残霸:春秋末期,吴王阖闾、夫差等人重用了孙武、伍子胥等人才,曾试图称霸中原。

【写作背景】

这是画家吴湖帆自题《清平乐·长桥玩月图》的词,富有画意,又写出了历史的沧桑。吴湖帆《清平乐·长桥玩月图》创作时间在20世纪40年代抗战时期,画中题词涉及垂虹桥,收录于《佞宋词痕》卷二。吴湖帆《佞宋词痕》完成于八年抗战期间,书刊行于胜利后。

【阅读链接】

"三吴一冯"

"三吴一冯",即吴湖帆、吴待秋、吴华源、冯超然四位画家。他们在当时之所以受到推崇,享誉海上,盖得力于画艺、学养以及不可忽视的社会地位。

就画艺而言,"三吴一冯"都以山水造诣最高,吴湖帆、冯超然尤是个中翘楚。谢稚柳先生评吴湖帆:"不被'四王'风貌所囿……上朔明唐(寅)、沈(周)等,涉猎宋元诸家;他居然还能把人为设置的南北二宗的壁障冲破,不带偏见,多方汲取养料,对中国上下千年的灿烂传统广采博取,积蓄生发,使他突破当时笼罩画坛的浓重阴霾,以清逸明丽,雅腴(yú)灵秀,似古实新的面貌独树一帜,成为那个时代最发光华的画家。"冯超然山水亦致力于南北二宗,在传统的继承上功力尤深;人物仕女、花卉技法全面。吴待秋对王原祁的理解以及吴华源对董其昌的领悟,也超越常人的一般摹拟,达到相当高的水平。吴待秋除山水外,花卉亦饶有气度,有谓其花卉当胜出山水一筹之论。"三吴一冯"在民国间曾风靡大江南北。

宝带垂虹　近代·吴湖帆绘

杂 咏

[现代] 费孝通

垂虹五彩迎天晴，鲈乡遗风念双亲。
偕君几次访江村，喜见旧貌变更新。

【作品出处】

辑自《费孝通诗存》。

【作者简介】

费孝通（1910—2005），江苏吴江人。著名社会学家、人类学家、民族学家、社会活动家，中国社会学和人类学的奠基人之一。第七、八届全国人民代表大会常务委员会副委员长，中国人民政治协商会议第六届全国委员会副主席。1981年获得英国皇家人类学会授予的人类学界的最高奖——赫胥黎奖。著有《江村经济》《乡土中国》《生育制度》《中国绅士》等。

【写作背景】

费孝通对垂虹桥的历史和人文景观非常熟悉，说起来如数家珍，对垂虹桥也是一往情深。费孝通从1936年到2002年，先后二十六次访问江村（即吴江开弦弓村），也数次到垂虹桥。他到吴江，总不会忘记抽时间到桥边走走看看，并与周边的父老乡亲聊上一会。此诗具体日期待考。他吟唱出"垂虹五彩迎天晴，鲈乡遗风念乡亲"的诗句，却让人回味无穷。

【阅读链接】

费孝通情系垂虹桥

1984年的一个晚上，著名社会学家费孝通在家乡吴江，与当时的吴江政协领导促膝畅谈，费孝通专门谈到了吴江的桥。他说："我出生在县城东门，从小就喜欢在垂虹桥畔玩耍。那时，该桥还能见到四十四孔，桥中心的垂虹亭也完好无损，桥亭合一，气势恢宏。垂虹桥将水、城、路、桥、亭、园、寺、塔融为一体，构成了以人文景观为主的垂虹景区。其景点之多，景色之美，在江南一带也不多见。垂虹桥历尽沧桑，几经重建或修复。据资料记载，此桥初建时称利往桥，俗称长桥，桥孔最多时达九十九孔。历史上帝王将相，才子佳人慕垂虹桥盛名而来的不乏其人。'唐宋八大家''宋四家''南宋四大家''明四家''吴中四才子'中的大多数仁人志士及宋丞相王安石、李纲，清康熙帝玄烨都游览过垂虹桥。他们留下了无数描写垂虹桥及其周边景点的诗词文章或书画手迹。其中诗词多达数百首，脍炙人口之句如王安石的'颇夸九州物，壮丽此无敌'、苏轼的'绝景自忘千里远'、米芾的'垂虹秋色满东南'、王世贞的'吴江长桥天下稀'等等。所以垂虹桥不只因其'环如半月，长若垂虹''三起三伏，蜿蜒如龙'的建筑特色而显得壮丽秀美，独步天下，而且人文价值很高，景观内涵丰富。"

兴高采烈之余，费老突然低头长叹："十分遗憾，垂虹桥竟在60年代后期崩塌。"费老顿了一下，很快调整情绪，脸色逐步"由阴转晴"。他把眼睛盯着吴江政协领导，语重心长地说，"垂虹桥虽成了'断桥'，但它的影响犹存，文化价值不减。日后，条件许可，希望你们能把这座名桥和周边的主要景观恢复起来。"老人家还特别强调："这可是功在千秋、恩泽后代的大好事呵。"

2003年4月的一天，费孝通视察吴江文庙大成殿和崇圣祠。当他看到新建的碑廊中宋代苏舜钦《松江长桥未明观渔》和米芾《吴江垂虹亭作》这两块碑刻时，更是触景生情，希望修复垂虹桥的愿望愈显强烈。当时他对身边的人员说："政府和政协在吴江中学建起了两条文化碑廊，这对宣扬孔子思想，弘扬吴江文化很有意义。要是把垂虹桥也恢复起来，与文庙、碑廊融为一体那该多好。"

为了能恢复垂虹桥，在一个月后，费孝通把国家文物局原局长孙轶青请到了吴江。孙轶青结伴中华诗社社长梁东到了垂虹桥遗迹。那时，他俩虽只看到垂虹桥西段尚存的七个半桥孔，似乎已感受到当年的雄伟壮观，以及内在的人文价值。两老异口同声连连说道："值得恢复！应该恢复！"梁老更是有感而发，当场赋诗一首，呼吁"还我神州第一桥"。

咏吴江垂虹桥

[现代] 柳义南

回首烟波韵最娇①,垂虹落地作长桥。
洞涵七二②穿湖口,岁月千年历几朝。
胜迹东南③名尚在,咏题世上字难消。
拾遗补缺何曾晚,无负当年白石箫④。

【作品出处】

辑自柳义南《拾遗集》。

【作者简介】

柳义南(1919—2009),曾就读无锡国学专修馆,师从著名词学家夏承焘教授。毕业后,一直在北京38中学任教。执教之余研究明清诗词和南明史,为北京历史学会会员、江苏省诗词协会会员,曾任苏州大学明清诗文研究室顾问、南京南社研究会名誉理事。有《李自成纪年附考》《从明史编写过程看其存在问题》等历史专著出版或发表。著有《拾遗集》存世。

【词语解释】

①回首烟波韵最娇:用姜夔《过垂虹》诗原意。
②七二:明钱溥《重修垂虹桥记》记为该"桥袤千有余尺,下开七十二洞"。
③胜迹东南:北宋米芾《吴江垂虹亭作》诗有"垂虹秋色满东南"之句。
④白石箫:指姜夔曾作《过垂虹》诗。

【写作背景】

早在1957年8月,垂虹桥就已经被列入省文物保护名录,自1967年5月2日坍塌后,由于时值"文革",垂虹桥没有得到及时的修缮,直至现在仍以"垂虹断桥"的形态残存。柳义南是吴江芦墟人,这是柳义南先生耄耋(màodié)之年所作的一首咏吴江垂虹桥诗,诗中寄托了他希望垂虹桥能早日修复、重展雄姿的良好心愿。此诗发表于2006年第1期《姑苏吟》。

【阅读链接】

词成一派的夏承焘

夏承焘（1900—1986），是柳义南的老师，字瞿禅，晚年改字瞿髯，别号谢邻、梦栩生，室名月轮楼、天风阁、玉邻堂、朝阳楼，浙江温州人，毕生致力于词学研究和教学，是现代词学的开拓者和奠基人。他的一系列经典著作无疑是词学史上的里程碑，20世纪优秀的文化学术成果。胡乔木曾经多次赞誉夏承焘为"一代词宗""词学宗师"。

词学是由诗学分离出来的一门专业学问，兴起于两宋，盛行于清朝。旧词学长

于词的外在形式的考订与词集校理,而疏于词史与词学理论的系统研究,因此历代词学著述虽然繁富,研究路子却不免逼仄,难得融会贯通之要旨。进入 20 世纪后,词学研究才逐渐步入科学、系统、现代化的轨道,取得了多方位的成果。夏承焘先生正是现代词学的杰出代表。他承晚清词学复兴之余绪,借鉴科学的研究方法与现代理念,结合其深厚的传统学养与扎实的考订功夫,锲而不舍,精勤探索,以毕生之力,在词人年谱、词论、词史、词乐、词律、词韵以及词籍笺校诸方面均取得突破性成果,构筑起超越前人的严整的词学体系,拓展了词学研究的疆域,提高了词学研究的总体水平。

1967 年前的垂虹桥

后　记

经过两年多时间的编辑,《垂虹诗韵——历代名人咏垂虹桥诗词选读》终于付梓了。这是吴江诗词协会的又一成就,也是吴江"诗词之乡"建设的又一成果。

公元 1043 年(北宋庆历三年),大理寺丞李问来吴江任知县期间建造了垂虹桥。这座"江南第一名桥"自始建之日起,即被誉为"吴中绝景"。改造为连拱石桥后,其水国之胜更是雄盛古今。垂虹桥成了吴江的文化名片,也成了吴江的标志符号。1967 年 5 月,垂虹桥突然倒塌,留下了历史的遗憾。2006 年 6 月,垂虹遗址成为江苏省第六批文物保护单位;2019 年 10 月,"垂虹断桥"入选第八批全国重点文物保护单位。这座历经千年沧桑的桥,充满人文故事的桥,让多少文人雅士梦魂萦绕。

历代骚人墨客竞相吟诗作画,赞叹不绝,"桥南水涨虹垂影""垂虹秋色满东南""垂虹一抹跨晴江""垂虹秋色东南好""暮色垂虹野望宜""桥若垂虹饮太湖"……一个个"垂虹"词,一句句垂虹诗,是吴江历史文化的缩影,也是吴江所特有的历史文化遗产。《垂虹秋色满东南》《垂虹桥志》《垂虹梦韵》……当代吴江人编写的一本本有关垂虹桥的书,一段段有关垂虹桥的故事,向世人传播着"垂虹文化"。

吴江是"中华诗词之乡",诗词是吴江文化的灵魂,历代史人咏垂虹的诗词是吴江垂虹文化的结晶。于是,在吴江"诗词之乡"建设持续发展之际,吴江诗词协会在中共吴江区委宣传部和吴江区文学艺术界联合会的支持下,组织有关人员编辑《垂虹诗韵——历代名人咏垂虹桥诗词选读》一书,作为吴江垂虹系列丛书的一个补充,也表现了吴江诗人对吴江诗词文化的一份赤心。

本书收集了自宋代至近现代咏垂虹桥的诗词作品一百一十二首,其中宋代三十八首,元代十首,明代二十三首,清代二十六首,近现代十五首。选诗的动机着眼于两个方面:一方面是名人名诗。其中有我国著名的文学家、诗人和书画家,如宋代的苏舜钦、王安石、苏轼、陆游、米芾、姜夔,元代的萨都剌、倪瓒、乔吉,明代的沈周、文徵明、唐寅,清代的吴伟业、徐崧、汪琬、蒋士铨、朱彝尊,近现代的沈尹默、苏曼殊、吴湖帆等。另一方面是吴江人的诗,如宋代的叶茵,明代的吴复、徐源、王叔承、周永年,清代的朱鹤龄、潘柽章、吴兆骞、柳树芳、殷兆镛、郑璜,近现代的沈昌眉、金松岑、陈去病、柳亚子、周麟书、费孝通、柳义南等。

本书在编辑体系上为每首诗词设计了"作品出处""作者简介""词语解释""创作背景""阅读链接"五个部分。"作品出处"对诗词的来渊作了提示;"作者简介"对诗词作者主要简历和文学成就作了介绍;"词语解释"对难理解的字、词作了注释;"创作背景"对作者写作本诗时所处的一种社会环境、生活状态和在吴江的经历作了说明;"阅读链接"对与本诗词有关的吴江的故事作了阐述、介绍。这样就有利于读者对垂虹诗词的全面理解,同时在解读垂虹诗词的同时,也对吴江的历史人文底蕴有了了解。

本书编辑过程中得到了中共苏州市吴江区委宣传部、区委办公室和区文联领导的关心和支持,特别是中共苏州市吴江区委李铭书记的热情呵护,他特地为本书作了序言;同时也得到了苏州大学吴企明教授的指导与帮助，他给本书提出了不少宝贵的修改意见，并为本书撰写了序言。在此一并表示深切真挚感谢！

"断云一叶洞庭帆，玉破鲈鱼金破柑。好作新诗寄桑苎，垂虹秋色满东南。"垂虹诗与垂虹桥一样，以它的独特的风彩留在了历史长河中。但愿通过本书，让读者对垂虹桥、对垂虹诗词会别有一番思绪在心头。

当然，由于我们水平有限，难免有疏漏和舛误之处，存在偏颇和遗珠之憾，恳请各位专家和同仁不吝赐教！

编　者

二〇二〇年八月